戴望舒
作品精选集

戴望舒◎著

回眸经典·名家必读

山西出版传媒集团 山西人民出版社

图书在版编目(CIP)数据

戴望舒作品精选集 / 戴望舒著. —太原 : 山西人民出版社,
2020. 6
(回眸经典 · 名家必读)
ISBN 978-7-203-11418-5

Ⅰ. ①戴… Ⅱ. ①戴… Ⅲ. ①中国文学 - 现代文学 -
作品综合集 Ⅳ. ①I216. 2

中国版本图书馆 CIP 数据核字(2020)第 065310 号

戴望舒作品精选集

著　　者: 戴望舒
责任编辑: 魏美荣
复　　审: 贾　娟
终　　审: 秦继华
装帧设计: 老　刀

出 版 者: 山西出版传媒集团 · 山西人民出版社
地　　址: 太原市建设南路 21 号
邮　　编: 030012
发行营销: 0351-4922220　4955996　4956039　4922127(传真)
天猫官网: https://sxrmcbs. tmall. com　电　话: 0351-4922159
E - mail: sxskcb@163. com　发行部
sxskcb@126. com　总编室
网　　址: www. sxskcb. com

经 销 者: 山西出版传媒集团 · 山西人民出版社
承 印 厂: 凯德印刷(天津)有限公司

开　　本: 650mm × 960mm　1/16
印　　张: 22. 5
字　　数: 290 千字
印　　数: 1—4000 册
版　　次: 2020 年 6 月　第 1 版
印　　次: 2020 年 6 月　第 1 次印刷
书　　号: ISBN 978-7-203-11418-5
定　　价: 58. 00 元

目 录

contents

第一辑 散文

第二辑　小说

第三辑　书信

第四辑　诗歌

第一辑　散文

夜　莺

在神秘的银月的光辉中，树叶儿啁啾地似在私语，猝缭地似在潜行；这时候的世界，好似一个不能解答的谜语，处处都含着幽奇和神秘的意味。

有一只可爱的夜莺在密荫深处高啭，一时那林中充满了她婉转的歌声。

我们慢慢地走到饶有诗意的树荫下来，悠然听了会鸟声，望了会月色。我们同时说："多美丽的诗境！"于是我们便坐下来说夜莺的故事。

"你听她的歌声是多悲凉！"我的一位朋友先说了，"她是那伟大的太阳的使女：每天在日暮的时候，她看见日儿的残光现着惨红的颜色，一丝丝的向辽远的西方消逝了，悲思便充满了她幽微的心窍，所以她要整夜的悲啼着……"

"这是不对的，"还有位朋友说，"夜莺实是月儿的爱人：你可不听见她的情歌是怎地缠绵？她赞美着月儿，月儿便用清辉将她拥抱着。从她的歌声，你可听不出她灵魂是沉醉着？"

我们正想再听一会夜莺的啼声，想要她启示我们的怀疑，但是她拍着翅儿飞去了，却将神秘作为她的礼物留给我们。

都德的一个故居

凡是读过阿尔封思·都德（Alphonse Daudet）的那些使人心醉的短篇小说和《小物件》的人，大概总记得他记叙儿时在里昂的生活的那几页吧。（按：《小物件》原名 *Le Petit Chose*，觉得还是译作《小东西》妥当）

都德的家乡本来是尼麦，因为他父亲做生意失败了，才举家迁移到里昂去。他们之所以选了里昂，无疑因为它是法国第二大名城，对于重兴家业是很有希望的。所以，在一八四九年，那父亲万桑·都德（Vincent Daudet）便带着他的一家子，那就是说他的妻子，他的三个儿子，他的女儿阿娜，和那就是没有工钱也愿意跟着老东家的忠心的女仆阿奴，从尼麦搭船顺着罗纳河来到了里昂。这段路竟走了三天。在《小物件》中，我们可以看见他们到里昂时的情景。

在第三天傍晚，我以为我们要淋一阵雨了。天突然阴暗起来，一片浓浓的雾在河上飘舞着。在船头上，已点起了一盏大灯，真的：看到这些兆头，我着急起来了……在这个时候，有人在我旁边说："里昂到了！"同时，那个大钟敲了起来。这就是里昂。

里昂是多雾出名的，一年四季晴朗的日子少，阴霾的日子多，尤其是入冬以后，差不多就终日在黑沉沉的冷雾里度生活，一开窗雾就往屋子里扑，一出门雾就朝鼻子里钻，使人好像要窒息似的。在《小物件》里，我们可以看到都德这样说：

> 我记得那罩着一层烟煤的天，从两条河上升起来的一片永恒的雾。天并不下雨，它下着雾，而在一种软软的氛围气中，墙壁淌着眼泪，地上出着水，楼梯的扶手摸上去发黏。居民的神色，态度，语言，都觉得空气潮湿的意味。

一到了这个雾城之后，都德一家就住到拉封路去。这是一条狭小的路，离罗纳河不远，就在市政厅西面。我曾经花了不少的时间去找，问别人也不知道，说出是都德的故居也摇头。谁知竟是一条阴暗的陋巷，还是自己瞎撞撞到的。

那是一排很俗气的屋子，因为街道狭的缘故，里面暗是不用说，路是石块铺的，高低不平，加之里昂那种天气，晴天也像下雨，一步一滑，走起来很吃劲。找到了那个门口，以为会柳暗花明又一村，却仍然是那股俗气：一扇死板板的门，虚掩着，窗子上倒加了铁栅，黝黑的墙壁淌着泪水，像都德所说的一样，伸出手去摸门，居然是发黏的。这就是都德的一个故居！而他们竟在这里住了三年。

这就是《小物件》里所说的"偷油婆婆"（Babarotte）的屋子。所谓"偷油婆婆"者，是一种跟蟑螂类似的虫，大概出现在厨房里，而在这所屋里它们四处地爬。我们看都德怎样说吧：

> 在拉封路的那所屋子里，当那女仆阿奴安顿到她的

厨房里的时候，一跨进门槛就发了一声急喊："偷油婆婆！偷油婆！"我们赶过去。怎样的一种光景啊！厨房里满是那些坏虫子。在碗橱上，墙上，抽屉里，在壁炉架上，在食橱上，什么地方都有！我们不存心地踏死它们。噗！阿奴已经弄死了许多只了，可是她越是弄死它们，它们越是来。它们从洗碟盆的洞里来。我们把洞塞住了，可是第二天早上，它们又从别一个地方来了……

而现在这个"偷油婆婆"的屋子就在我面前了。

在这"偷油婆婆"的屋子里，都德一家六口，再加上一个女仆阿奴，从一八四九年一直住到一八五一年。在一八五一年的户口调查表上，我们看到都德的家况：

万桑·都德，业布匹印花，四十三岁；阿黛琳·雷诺，都德妻，四十四岁；曷奈思特·都德，学生，十四岁；阿尔封思·都德，学生，十一岁；阿娜·都德，幼女，三岁；昂利·都德，学生，十九岁。

昂利是要做教士的，他不久就到阿里克斯的神学校读书去了。他是早年就夭折了的。在《小物件》中，你们大概总还记得写这神学校生徒的死的那动人的一章吧："他死了，替他祷告吧。"

在那张户口调查表上，在都德家属以外，还有这那么怕"偷油婆婆"的女仆阿奴："阿奈特·特兰盖，女仆，三十三岁。"

万桑·都德便在拉封路上又重理起他的旧业来，可是生活却很困难，不得不节衣缩食，用尽方法减省。阿尔封思被送到圣别尔代戴罗的唱歌学校去，曷奈斯特在里昂中学里读书，不久阿尔封思也改进了这个学校。后来阿尔封思得到了奖学金，读到毕业，而那做哥哥的曷奈思特，却不得不因为家境困难的关系，辍学去帮助父亲挣那一份家。关于这些，《小物件》中自然没有，可是在曷奈思特·都德的一本回忆记《我的弟弟和我》中，却记载得很详细。

现在，我是来到这消磨了那《磨坊文札》的作者一部分的童年的所谓"偷油婆婆"的屋子前面了。门是虚掩着。我轻轻地叩了两下，没有人答应。我退后一步，抬起头来，向靠街的楼窗望上去：窗闭着，我看见静静的窗帷，白色的和淡青色的。而在大门上面和二层楼的窗下，我又看到了一块石头的牌子，它告诉我这位那么优秀的作家曾在这儿住过，像我所知道的一样。我又走上前面叩门，这一次是重一点了，但还是没有人答应。我伫立着，等待什么人出来。

我听到里面有轻微的脚步声慢慢地近来，一直到我的面前。虚掩着的门开了，但只是一半；从那里，探出了一个老妇人的皱瘪的脸儿来，先把我从头到脚打量了一番：

"先生，你找谁？"她然后这样问。

我告诉她我并不找什么人，却是想来参观一下一位小说家的旧居。那位小说家就是阿尔封思·都德，在八十多年前，曾在这里的四层楼上住过。

"什么，你来看一位在八十多年前住在这儿的人！"她怀疑地望着我。

"我的意思是说想看看这位小说家住过的地方。譬如说你老人家从前住在一个什么城里，现在经过这个城，去看看你从前住过的地方怎样了。我呢，我读过这位小说家的书，知道他在这里住过，顺便来看看，就是这个意思。”

“你说哪一个小说家？”

“阿尔封思·都德。”我说。

“不知道。你说他从前住在这里的四层楼上？”

“正是，我可以去看看吗？”

“这办不到，先生，”她断然地说，“那里有人住着，是盖奈先生。再说你也看不到什么，那是很普通的几间屋子。”

而正当我要开口的时候，她又打量了我一眼，说：

“对不起，先生，再见。”就缩进头去，把门关上了。

我踌躇了一会儿，又摸了一下发黏的门，望了一眼门顶上的石牌，想着里昂人的纪念这位大小说家只有这一片顽石，不觉有点怅惘，打算走了。

可是在这时候，天突然阴暗起来，我急速向南靠罗纳河那面走出这条路去：天并不下雨，它又在那里下雾了，而在罗纳河上，我看见一片浓浓的雾飘舞着，像在一八四九年那幼小的阿尔封思·都德初到里昂的时候一样。

记马德里的书市

无匹的散文家阿索林，曾经在一篇短文中，将法国的书店和西班牙的书店，作了一个比较。他说：

> 在法兰西，差不多一切书店都可以自由地进去，行人可以披览书籍而并不引起书贾的不安；书贾很明白，书籍的爱好者不必常常要购买，而他之走进书店去，目的也并不是为了买书；可是，在翻阅之下，偶然有一部书引起了他的兴趣，他就买了它去。在西班牙呢，那些书店都是像神圣的圣体龛子那样严封密闭着，而一个陌生人走进书店里去，摩娑书籍，翻阅一会儿，然后又从来路而去这等的事，那简直是荒诞不经，闻所未闻的。

阿索林对于他本国书店的批评，未免过分严格一点。法国的书店也尽有严封密闭着，像右岸大街的一些书店那样，而马德里的书店之可以进出无人过问翻看随你的，却也不在少数。如果阿索林先生愿意，我是很可以举出两地的书店的名称来作证的。

公正地说，法国的书贾对于顾客的心理研究得更深切一点。他们知道，常常来翻翻看看的人，临了总会买一两本回去的；如果这次不买，那么也许是因为他对于那本书的作者还陌生，也许他觉得那版本不够好，也许他身边没有带够钱，也许他根本只是到书店来消磨一刻空闲的时间。而对于这些人，最好的办法是不理不睬，由他翻看一个饱。如果殷勤招待，问长问短，那就反而招致他们的麻烦，因而以后就不敢常常来了。

的确，我们走进一家书店去，并不像那些学期开始时抄好书单的学生一样，先有了成见要买什么书的。我们看看某个作家是不是有新书出版；我们看看那已在报上刊出广告来的某一本书，内容是否和书评符合；我们把某一部书的版本，和我们已有的同一部书的版本作一比较；或仅仅是我们约了一位朋友在三点钟会面，而现在只是两点半。走进一家书店去，在我们就像别的人们踏进一家咖啡店一样，其目的并不在喝一杯苦水也。因此我们最怕主人的殷勤。第一，他分散了你的注意力，使你不得不想出话去应付他；其次，他会使你警悟到一种歉意，觉得这样非买一部书不可。这样，你全部的闲情逸致就给他们一扫而尽了。你感到受人注意着、监视着，感到担着一重义务，负着一笔必须偿付的债了。

西班牙的书店之所以受阿索林的责备，其原因就是他们不明顾客的心理。他们大都是过分殷勤讨好。他们的态度是没有恶意的，然而对于顾客所发生的效果，却适得其反。记得一九三四年在马德里的时候，一天闲着没事，到最大的“爱斯巴沙加尔贝书店”去浏览，一进门就受到殷勤的店员招待，陪着走来走去，问长问短，介绍这部，推荐那部，不但不给一点空闲，连自由也没有了。自然不好意思不买，结果选购了一本廉价的奥尔德加伊加赛德的小书，满身不舒服地辞了出来。自此以后，就不敢再踏进门槛去了。

在“文艺复兴书店”也遇到类似的情形，可是那次却是硬着头皮一本也不买走出来的。而在马德里我买书最多的地方，却反而是对于主顾并不殷勤招待的圣倍拿陀大街的“迦尔西亚书店”，王子街的“倍尔特朗书店”，特别是“书市”。

“书市”是在农工商部对面的小路沿墙一带。从太阳门出发，经过加雷达思街，沿着阿多恰街走过去，走到南火车站附近，在左面，我们碰到了那农工商部，而在这黑黝黝的建筑的对面小路口，我们就看到了几个黑墨写着的字：La Feria de los Libros，那意思就是“书市”。在往时，据说这传统书市是在农工商部对面的那一条宽阔的林荫道上的，而我在马德里的时候，它却的确移到小路上去了。

这传统的书市是在每年的九月下旬开始，十月底结束的。在这些秋高气爽的日子，到书市中去慢走一下，寻寻、翻翻，看看那古旧的书，褪了色的版画，各色各样的印刷品，大概也可以算是人生的一乐吧。书市的规模并不大，一列木板盖搭的，肮脏、零乱的小屋，一共有十来间。其中也有一两家兼卖古董的，但到底卖书的还是占着极大的多数。而使人更感到可喜的，便是我们可以随便翻看那些书而不必负起任何购买的义务。

新出版的诗文集和小说，是和羊皮或小牛皮封面的古本杂放在一起。当你看见圣女戴蕾沙的《居室》和共产主义诗人阿尔倍谛的诗集对立着，古代法典《七部》和《马德里卖淫业调查》并排着的时候，你一定会失笑吧。然而那迷人之处，却正存在于这种杂乱和漫不经心之处。把书籍分门别类，排列得整整齐齐，固然能叫人一目了然，但是这种安排却会使人望而却步，因为这样就使人不敢随便抽看，怕捣乱了人家固有的秩序；如果本来就是这样乱七八糟的，我们就百无禁忌了。再说，旧书店的妙处就在其杂乱，杂乱而后见繁复，繁复然后生趣味。如果你能够从这一大堆的混乱之中发现一部正是你踏破铁鞋无觅处的书来，那是怎样大的喜悦啊！

书价低廉是那里的最大的长处。书店要卖七个以至十个贝色达的新书，那里出两三个贝色达就可以携归了。寒斋的阿耶拉全集、阿索林、乌拿莫诺、巴罗哈、瓦利英克朗、米罗等现代作家的小说和散文集，洛尔迦、阿尔倍谛、季兰、沙里纳思等当代诗人的诗集，珍贵的小杂志，都是从那里陆续购得的。我现在也还记得那第三间小木舍的被人叫作华尼多大叔的须眉皆白的店主。我记得他，因为他的书籍的丰富，他的态度的和易，特别是因为那个坐在书城中，把青春的新鲜和故纸的古老成着奇特的对比的，张着青色忧悒的大眼睛望着远方的云树的，他的美丽的孙女儿。

我在马德里的大部分闲暇时间，甚至在革命发生，街头枪声四起，铁骑纵横的时候，也都是在那书市的故纸堆里消磨了的。在傍晚，听着南火车站的汽笛声，踏着疲倦的步子，臂间挟着厚厚的已绝版的赛哈道的《赛房德思辞典》或是薄薄的阿尔多拉季雷的签字本诗集，慢慢地沿着灯光已明的阿多恰大街，越过熙来攘往的太阳门广场，慢慢地踱回寓所去对灯披览，这种乐趣恐怕是很少有人能够领略的吧。

然而十月在不知不觉之中快流尽了。树叶子开始凋零，夹衣在风中也感到微寒了。马德里的残秋是忧郁的，有几天简直不想闲逛了。公寓生活是有趣的，和同寓的大学生聊聊天，和舞姬调调情，就很快地过了几天。接着，有一天你打叠起精神，再踱到书市去，想看看有什么合意的书，或仅仅看看那青色的忧悒的大眼睛。可是，出乎意外地，那些小木屋都已紧闭着了。小路显得更宽敞一点，更清冷一点，南火车站的汽笛声显得更频繁而清晰一点。而在路上，凋零的残叶夹杂着纸片书页，给冷冷的风寂寞地吹了过来，又寂寞地吹了过去。

再生的波兰

他们在瓦砾之中生长着，以防空洞为家，以咖啡店为办事处，食无定时，穿不称身的旧衣，但是他们却微笑着，骄傲地过着生活。

波兰的生活已慢慢地趋向正常了，但是这个过程却是痛苦的。混乱和破坏便是德国人在五年半的占领之后所留下的遗物。什么东西都必须从头做起。波兰好像是一片殖民的土地，必须要从一片空无所有的地方建立一个新的社会、一个经济秩序和一个政治行政。除此以外，带有一个附加的困难：德国人所播下的仇恨和猜疑的种子，必须连根铲除。

这里是几幅画像。在华沙区中，砖瓦工业已差不多完全破坏了，而华沙却急着需要砖瓦，因为它百分之八十五的房屋都已坍败了。第一件急务是重建砖瓦工业。那些未受损害的西莱细亚区域的工场，在战前每年能够出产七万万块砖瓦。它们可能立刻拿来用，但是困难却在运输上。铁路的货车已毁坏了，残余下多少交通材料尚待调查。政府想用汽车和运货汽车来补充。UNNRA已经开始交货了，而且也答应得更多一点。

百分之六十的波兰面粉厂已变成瓦砾场了。政府感到重建它们的急要，现在已开始帮助它们重建了。在一万二十间面粉厂之中，二千间是由政府直接管理的——这些大都是被赶去了的德国人的产业。其余的面粉厂也由官方代管着，等待主有者来接收。

华沙是战争的最悲剧的城，又是世界上最古怪的城。在它的大街上走着的时候，你除了废墟之外什么也看不到。这座城好像是死去而没有鬼魂出没的；可是从这些废墟之间，却浮现出生活来，一种认真的，工作而吃苦的生活，但却也是一种令人惊奇的快乐的生活。

你看见那些微笑的脸儿，忙碌的人物，跑来跑去的人。交通是十分不方便，少数的几架电车不够符合市民的需要，所以停车站上都排着长长的队伍。

今日华沙的最动人的景象，也许就是废墟之间的咖啡店生活吧。化为一堆瓦砾的大厦，当你在旁边走过的时候，也许会辨认不出来吧。瓦砾已被清除了，十张桌子和四十张椅子，整整齐齐地安排在那往时的大厦的楼下一层的餐室中，门口挂着一块招牌，骄傲地宣称这是“巴黎咖啡店”。顾客们来来去去，侍者侍候他们，生活就回到了那废墟。在今日，这些咖啡店就是复活的华沙的象征。

人们住在地下防空洞，临时搭的房间，或是郊外的避弹屋。这些住所是只适合度夜的，成千成万的人都把他们的日子消磨在咖啡店中。那些咖啡店，有时候是设在一所破坏了的屋子的最低一层，上面临时用木板或是洋铁皮遮盖着；有时设在那在轰炸中神奇地保全了的玻璃顶阳台上；但是大部分的咖啡店，却都是露天的。在那里，人们坐着谈天、讲生意、办公事。他们似乎很快乐，但是如果你听他们谈话，你可以听见他们在那儿抱怨。他们不满意建筑太慢，交通太不方便。

这种临时的咖啡店吸引了各色各样的顾客：贩了们兜人买自

来水笔和旧衣服，孩子卖报纸，还有一种特别的人物，那就是专卖外国货币的人。什么事情都有变通办法，如果有一件东西是无法弄得到的，只要一说出来，过了一小时你就可以弄到手。和咖啡店做着竞争的，有店铺和摊位。只消在被炮火打得洞穿的墙上钉几块木牌，店铺就开出来了。那些招牌宣告了那些店铺的存在和性质："巴黎理发店"，"整旧如新，立等即有"等。在另一条街上，在破碎的玻璃后面，几枝花和一块招牌写着"小勃里斯多尔"——原来在旧日的华沙，勃里斯多尔饭店是最大的旅馆。

这便是街头的生活，但是微笑的脸儿却隐藏着无数的忧虑。人民的衣服都穿得很坏；在波兰全国，衣服和皮革都缺乏得很，许多人都穿着几年以前的旧衣服，用不论任何方法去聊以蔽体。有的人则买旧衣服来穿，也不管那些衣服称身不称身，袖短及肘，裤短及膝的，也是常见的了。

在生活的每一部门，都缺乏熟练的人手。医生非常稀少，而人民却急需医药。几年以来，他们都是营养不良而且常常生病。孩子们都缺乏维他命和医药。留在那里的医生都忙得不可开交，他们不得不去和希特勒的饥饿政策和缺乏卫生的后患斗争，然而人民却并不仅仅生活，他们还亲切而骄傲地生活。那最初在华沙行驶的电车都结满了花带。那些并不比摊子大一点的店铺都卖着花。在波兰，差不多已经有三十家戏院开门了，而克格哥交响乐队，也经常奏演了。

报纸、杂志和专门出版物，都渐渐多起来，但是纸张的缺乏却妨碍了出版界的发展。小学和大学都重开了，但是书籍和仪器却十分缺乏。

在波兰，差不多任何东西都是不够供应。物价是高过受薪阶层的购买力。运输的缺乏增加了食品分配的困难，但是工厂和餐室，以及政府机关的食堂，却都竭力弥补这个缺陷。在波兰的经济机构中，是有着那么许多空洞，你刚补好了一个洞，另外五个洞又现出来了。经济的发动机的操纵杆不能操纵自如，于是整部车子就走几码就停下来了。

除了物质的需要之外，还有精神的不安。精确地估计算出，从一九三九年起，波兰死亡的总数有六百万人。现在还有成千成万的人，都还不知道自己的家属的存亡和命运。幸而人民的精神拯救了这个现状。他们泰然微笑地穿着他们不称身的衣服，吃着他们的不规则的饭食，忍受着物品的缺乏和运输的迟缓。他们已下了决心，要使波兰重新生活起来。

香港的旧书市

这里有生意经，也有神话。

香港人对于书的估价，往往是会使外方人吃惊的。明清善本书可以论斤称，而一部极平常的书却会被人视为稀世之珍。一位朋友告诉我，他的亲戚珍藏着一部邮政地图，待价而沽，须港币五千元（合国币四百万元）方肯出让。这等奇闻，恐怕只有在那个小岛上听得到吧。版本自然更谈不到，“明版康熙字典”一类的笑谈，在那里也是家常便饭了。

这样的一个地方，旧书市的性质自然和北平、上海、苏州、杭州、南京等地不同。不但是规模的大小而已，就连收买的方式和售出的对象，也都有很大的差别。那里卖旧书的仅是一些变相的地摊，沿街靠壁钉一两个木板架子，搭一个避风雨的遮棚，如此而已。收书是论斤断秤的，道林纸和报纸印的书每斤出价约港币一二毫，而全张报纸的价钱却反而高一倍；有硬面书皮的洋装书更便宜一点，因为纸板“重秤”，中国纸的线装书，出到一毫一斤就是最高的价钱了。他们比较肯出价钱的倒是学校用的教科书、簿记学书、研究养鸡养兔的书等，因为要这些书的人是非购不可的，所以他们也就肯以高价收入了。其次是医科和工科用书，为的是转运内地可以卖很高的价钱。此外便剩下“杂书”，只得卖给那些不大肯出钱的他们所谓“藏家”和“睇家”了。他们最大的主顾是小贩。这并不是说香港小贩最深知读书之“实惠”的人，在他们是无足重轻的。

旧书摊最多的是皇后大道中央戏院附近的楼梯街，现在共有五个摊子。从大道拾级上去，左手第一家是“龄记”，管摊的是一个十余岁的孩子（他父亲则在下面一点公厕旁边摆废纸摊），年纪最小，却懂得许多事。著《相对论》的是爱因斯坦，歌德是德国大文豪，他都头头是道。日寇占领香港后，这摊子收到了大批德日文学书，现在已卖得一本也不剩，又经过了一次失窃，现在已没有什么好东西了。隔壁是“焯记”，摊主是一个老是有礼貌的中年人，专卖中国铅印书，价钱可不便宜，不看也没有什么关系。他对面是“季记”，管摊的是姐妹二人。到底是女人，收书卖书都差点功夫。虽则有时能看顾客的眼色和态度见风使舵，可是索价总嫌“离谱”（粤语不合分寸）一点。从前还有一些四部丛刊零本，现在却单靠卖教科书和字帖了。“季记”隔壁本来还有“江培记”，因为生意不好，已把存货称给鸭巴甸街的“黄沛记”，摊位也顶给卖旧铜烂铁的了。上去一点，在摩罗街口，是“德信书店”，虽号称书店，却仍旧还是一个摊子。主持人是一对少年夫妇，书相当多，可是也相当贵。他以为是好书，就一分钱也不让价，反之，没有被他注意的书，讨价之廉竟会使人不相信。“格吕尼”版的波德莱尔的《恶之华》和韩波的《作品集》，两册只讨港币一元，希米忒的《莎士比亚字典》会论斤称给你，这等事在我们看来，差不多有点近乎神话了。“德信书店”隔壁是“华记”。虽则摊号仍是“华记”，老板却已换过了。原来的老板是一家父母兄弟四人，在沦陷期中旧书全盛时代，他们在楼梯街竟拥有两个摊子之多。一个是现在这老地方，一个是在

“焯记”隔壁，现在已变成旧衣摊了。因为来路稀少，顾客不多，他们便把滞销的书盘给了现在的管摊人，带着好销一些的书到广州去开店了，听说生意还不错呢。现在的“华记”已不如从前远甚，可是因为地利的关系（因为这是这条街第一个摊子，经荷里活道拿下旧书来卖的，第一先经过他的手，好的便宜的，他有选择的优先权），有时还有一点好东西。

在楼梯街，当你走到了“华记”的时候，书市便到了尽头。那时你便向左转，沿着荷里活道走两三百步，于是你便走到鸭巴甸街口。

鸭巴甸街的书摊名声还远不及楼梯街的大，规模也比较小一点，书类也比较新一点。可是那里的书，一般地说来，是比较便宜点。下坡左首第一家是“黄沛记”，摊主是世业旧书的，所以对于木版书的知识，是比其余的丰富得多，可是对于西文书，就十分外行了。在各摊中，这是取价最廉的一个。他抱着薄利多销主义，所以虽在米珠薪桂的时期，虽则有八口之家，他还是每餐可以饮二两双蒸酒。可是近来他的摊子上也没有什么书，只剩下大批无人过问的日文书，和往日收下来的瓷器古董了。“黄沛记”对面是“董莹光”，也是鸭巴甸街的一个老土地。可是人们却称呼他为“大光灯”。大光灯意思就是煤油打气灯。因为战前这个摊子除了卖旧书以外还出租煤油打气灯。那些“大光灯”现在已不存在了，而这雅号却留了下来。“大光灯”的书本来是不贵的，可是近来的索价却大大地“离谱”。据内中人说，因为有几次随便开了大价，居然有人照付了，他卖出味道来，以后就一味地上天讨价了。从“董莹光”走下几步，开在一个店铺中的，是“萧建英”。如果你说他是书摊，他一定会跳起来，因为在楼梯街和鸭巴甸街这两条街上，他是唯一有店铺的——虽则是极其简陋的店铺。管店的是兄弟二人。那做哥哥的人称之为“高佬”，因为又高又瘦。他从前是送行情单的，路头很熟，现在也差不多整天不在店，却四面奔走着收书。实际上在做生意的是他的十四五岁的弟弟。虽则还是一个孩子，做生意的本领却比哥哥更好，抓定了一个价钱之后，你就莫想他让一步。所以你想便宜一点，还是和“高佬”相商。因为“高佬”收得勤，书摊是常常有新书的。可是，近几月以来，因为来源涸绝，不得不把店面的一半分租给另一个专卖翻版书的摊子了。

在现在的“萧建英”斜对面，战前还有一家“民生书店”，是香港唯一专卖线装古书的书店，而且还代顾客装潢书籍号书根。工作不能算顶好，可是在香港却是独一无二的。不幸在香港沦陷后就关了门，现在，如果在香港想补裱古书，除了送到广州去以外就毫无办法了。

鸭巴甸街的书摊尽于此矣，香港的书市也就到了尽头了。此外，东碎西碎还有几家书摊，如中环街市旁以卖废纸为主的一家，西营盘兼卖教科书的“肥林”，跑马地黄泥甬道以租书为主的一家，可是绝少有可买的书，奉劝不必劳驾。再等而下之，那就是禧利街晚间的地道的地摊子了。

悼杜莱塞

美联社十二月二十九日电：七十四岁高龄的美名作家杜莱塞，已于本日患心脏病逝世。

这个简单的电文，带着悲怅、哀悼，给与了全世界爱好自由、民主、进步的人。世界上一位最伟大而且是最勇敢的自由的斗士，已经离开了我们，去作永恒的安息了，然而他的思想，他的行动，却永远存留着，作为我们的先导，我们的典范。

杜莱塞于一八七一年生于美国印第安纳州之高地，少时从事新闻事业，而从这条邻近的路，他走上了文学的路。他的文学生活是在一九〇〇年开始的。最初出版的两部长篇小说《加里的周围》和《珍妮·葛拉特》使他立刻闻名于文坛，而且确立了他的新现实主义的倾向。

他以后的著作，就是朝着这个方向走过去的，他抓住了现实，而把这现实无情地摊陈在我们前面。《财政家》如此，《巨人》如此，《天才》也如此，像爱米尔·左拉一样，他完全以旁观者的态度去参加生存的悲剧。天使或是魔鬼，仁善或是刁恶，在他看来都是一样的文献，一样的材料，他冷静地把他们活生生地描画下来，而一点也不参加他自己的主观。从这一点上，他是左拉一个大弟子。

他的写实主义不仅仅只是表面的发展，却深深地推到心理上去。他是心理和精神崩溃之研究的专家，而《天才》就是在这一方面的他的杰作。

在《天才》之后，他休息了几年，接着他在一九二五年出版了他的《一个美国的悲剧》。这部书，追踪着雨果和陀斯托也夫斯基，他对于犯罪者作了一个深刻的研究。忠实于他的方法，杜莱塞把书中的主人公格里斐士的犯罪心理从萌芽，长成，发展，像我们拆开一架机器似的，一件件地分析出来。到了这部小说，从艺术方面来说，杜莱塞已达到了它们的顶点了。

然而，杜莱塞真能够清清楚楚地看到美国社会的罪恶、腐败，而无动于衷吗？作为一个真正的艺术家，对于这一切肮脏、黑暗，他会不起正义的感觉而起来和它们战斗吗？他所崇拜的法国大小说家左拉，不是也终于加入社会主义的集团，从象牙之塔走到十字街头吗？

是的，杜莱塞是一个有正义感的艺术家，他之所以没有立刻成为一个战士，是为了时机还没有成熟。

这时，一个新的世界吸引了他：社会主义的苏联。在一九二八年，他到苏联去旅行。他看见了。他知道了。他看到了和资本主义的腐败相反的进步，他知道了人类憧憬着的理想是终于可以实现。从苏联回来之后，他出版了他的《杜莱塞看苏联》，而对于苏联表示着他的深切的同情。苏联的旅行在他的心头印了一种深刻的印象，因而在他的态度上，也起了一个重要的变化。

从这个时候起，他已不再是一个冷静的旁观者，一个明知道黑暗、腐败、罪恶而漠然无动于衷的人了。新的世界已给了他以启示，指示了他的道路，他已深知道单单观察，并且把他所观察到的写出来是不够，他需要行动，需要用他艺术家的力量去打倒这些黑暗、腐败和罪恶了。

在一九三〇年，他就公开拥护苏联，公开地反对帝国主义者对苏联的进攻，从那个时候起，苏联已成为他的理想国。他说："我反对和苏联的任何冲突，不论那冲突是从哪方面来的。"在一九三一年，这位伟大的作家更显明了他的革命的岗位。他不仅仅把自己限制于对于时局的反应上，却在行动上参加了劳动阶级的斗争。他组织了一个委员会，去揭发出在资本主义的美国，劳动者们所处的地位是怎样地令人不能忍受。他细心地分析美国，研究美国的官方报告，经济状况，国家的统计，预算，并且亲自去作种种的实际调查。经过了长期的研究、调查、分析，他便写成了一部在美国文学史上空前，在他个人的文艺生活中也是特有伟大的作品：《悲剧的美国》，而把它掷到那自在自满的美国资产者们的脸上去。

杜莱塞的这部新著作，可以说是他的巨著《一个美国的悲剧》的续编。在这部书中，杜莱塞矫正了他的过去，他在一九二五年所写的那部小说是写一个美国中产阶级者的个人的悲剧，在那部书中，杜莱塞还是以为资本主义的大厦是不可动摇的。可是在这部新著中呢，美国资本主义的机构是在一个新的光亮之下显出来了。杜莱塞用着无数的事实和统计数字做武器，用着大艺术家的尖锐和把握做武器，把美国的所谓"民主"的资产阶级和社会法西斯的面具，无情地撕了下来。

这部书出版以后，资本主义的美国的惊惶是不言而喻的了。他受到了各方面的猛烈的攻击，他被一些人视为洪水猛兽，然而，他却得到了更广大的人，奋斗着而进步着的人们的深深的同情，爱护。

从这个时候起，他已成为一个进步的世界的斗士了。他参加美国的革命运动，他为《工人日报》经常不断地撰稿，他亲自推动并担任“保卫政治犯委员会”的主席，他和危害人类的法西斯主义作着生死的战斗。西班牙之受法西斯危害，中国之被日本侵略，他都起来仗义发言，向全世界呼吁起来打倒法西斯主义。

从这一切看来，杜莱塞之走到社会主义的路上去，决不是偶然的事，果然，在他逝世之前不久，他以七十四的高龄加入了美国共产党，据他自己说，他之所以毅然加入共产党，是因为西班牙大画家比加索和法国大诗人阿拉贡之加入法国共产党，而受到了深深的感动，亦是为了深为近年来共产党在全世界反法西斯斗争中的英勇业绩所鼓舞。在他写给美国共产党首领福斯特的信中，他说：“对于人类的伟大与尊敬的信心，早已成就了我生活与工作的逻辑，它引导我加入了美国共产党。”然而，我们如果从他的思想行动看来，这是必然的结果，即使他没有加入共产党，他也早已是一个共产党了。

然而在这毅然的举动之后不久，这个伟大的人便离开了我们。杜莱塞逝世了，然而杜莱塞的精神却永存在我们之间。

载《新生日报·文协》第四期，一九四六年一月七日

玛丽亚

阿索林

玛丽亚是海水浴场的欢乐的标志。

“玛丽亚，你给我一朵石竹花吗？”

玛丽亚采下一朵石竹花，掷到街上去。那个浴人走过去了：他是一个青年人，戴着一顶软草帽，穿着一双光亮的红皮靴。

“玛丽亚，你给我一朵石竹花吗？”

玛丽亚采下一朵石竹花，掷到街上去。那个浴人走过去了：他是一个笑嘻嘻的老人，生着扭曲的灰色的髭须。

“玛丽亚，你给我一朵石竹花吗？”

玛丽亚采下一朵石竹花，掷到街上去。那个浴人走过去了：他是一位生着长胡须的先生，戴着一顶鸭舌帽，帽檐放得很低。

“玛丽亚，你给我一朵石竹花吗？”

于是玛丽亚笑着、叫着，快乐而喧嚣地答辩着，接着便离开了露台。因为玛丽亚已经没有石竹花了，或是——这是更可靠一点——她不想再把她所剩余的来割舍了。

你们观察过大画师戈牙的《狂想》吗？你们记得那些袅娜、脆弱、波动、蜿蜒的女性的姿容吗？我眼前就有着这些《狂想》中的一幅：那是一个懒洋洋地站立着的荡妇，梳着低髻，玄纱盖头一直垂到眼睛边，折扇贴着嘴。在她后面，一个丐婆贴得很近，向她求施舍；她呢，轻盈地摆开，向她转过脸儿去，带着一种鄙夷的姿态，而那标题是写着："凭上帝原谅吧……而她是她的母亲。"

呃，这个荡妇就是玛丽亚，我并不是要说玛丽亚是不近人情，铁石心肠，凶暴。不是，不是。我之所以提起这幅《狂想》，是因为那位大师也许在这幅画中给予了一个最袅娜、最有风度、最愉快、最漂亮的妇女的典型。而玛丽亚就是一个与此类似的典型；可是如果你们对于她详加注意：假如你们观察她的态度，她的姿势，她的步行，坐下，起立，穿过一间客厅的样子，那么你们就可以看到——而这就是她的最独特的魅力——在她身上，那纯粹的荡妇典型，和比尔巴奥妇女的最新的典型，是交错而混淆着……而你们，读到这里，便要问了：是不是确实有一种比尔巴奥妇女的典型的？这不是一种无稽之谈吗？这也许不是一种对于女人的殷勤吗？不是，不是，读着。几天之前，在比尔巴奥那面，在天刚晚的时候，我从在桥对面的一家咖啡店的大门口，观察过那些美丽的妇女们的轻盈而不断的来来往往。

那时天是灰色，氛围气是凉爽的。马车、货车、汽车、电车，穿梭地奔驰来往着；在左面，一片黑色的浓烟在拉·洛勃拉车站的铁和琉璃的拱廊前面升起来；在右面，大路上树木的新叶罩上了它们的鲜明的幕。尖锐的叫子声，机关车的隆隆声，车掌的呼喊声，马蹄的得得声，电车触轮的磔格声都传过来……而在那宽阔的大路上，在嘈杂之中，向桥走过去或是从桥走过来的，是那些来来往往的比尔巴奥的妇女，戴着白色，粉红色，青色的夏季帽，稍稍有点向前偻，稍稍有点直挺挺，多筋肉，强壮，也许脚微微大了一点，但却全部穿着袜子，全部——而这一个细微之点是万无差错的——穿着毫无缺陷的靴子，黑色的靴子，光耀的靴子，漂亮的靴子……

这里我已经随便三言两语表白出比尔巴奥妇女的特性来了；有时，如果她是属于高等阶级的，你就可以从那个在一个骤然致富的时期成长而教育出来的她的身上，注意到她服饰中有一种炫夸和率真的依微的渲染。可是，在她的强健的美貌前面，在她的断然的态度前面，在她的性情的奔放和气概的不可一世前面，这一切你便不久就完全忘记了……

玛丽亚也是强健，多筋肉的，她有着一个温柔的下颏，带着一种不可思议的魅力曲折在那熨平的直领上面。玛丽亚走路的时候也上身微俯向前，而她的手臂是轻松地沿着身体垂下去的。玛丽亚走路也同样是——也许这是比尔巴奥的妇女的最显眼的特性吧——并不匆促，并不一往直前，并不跨着一致而匀整的步子，却是和谐地时快时慢，正出奇地和这种态度的典型相符。在早晨，玛丽亚在白色的衫子上面披上一方盖头，这样把脸儿遮住一半，在做弥撒回来的时候，在那有石竹花的露台上显身出来。这样你们就以为自己看见了我上文对你们说起过的戈牙的那种荡妇，或是这位大师所画的圣昂多纽修道院中的那些凭着栏杆的游女。

夜里，晚饭之后，她在钢琴边唱一支小曲子，或是跳华尔兹和丽戈同舞……那年轻的贝呈达瓜侯爵，直挺着身子，并着脚，带着一种“绅士”的僵直的动作，向她鞠了一个躬，“玛丽亚，你可以赏脸和我跳这华尔兹舞吗？”于是玛丽亚站了起来，于是他们两人便在大厅中，在那又亮又滑的地板上，很快地转着转着了。因为玛丽亚是寡妇，所以当她舞着，当她走路，当她坐下，当她站起的时候，你便在她那里看到有某一种平坦，某一种庄严，某一种也许宣漏出无限的幻灭的安静……

倍拿尔陀爷

阿索林

这个人是徽章的反面，就是说，一个使你们引起某种狂想，但实际上却毫无异常的人……当你们在食桌上安静一点的时候，你们就听到一个人大声怒喊着：

“可是这是多么笑话？难道我要一辈子这样下去吗？”

这就是倍拿尔陀爷，他在责叱一个女仆，因为她上菜上得太慢了。你们对于倍拿尔陀爷的这种发脾气觉得奇怪吗？你们也觉得在圆桌上这样嚷嚷是过分吗？你们并不以为奇怪；倍拿尔陀爷，据他的自白，是在二十九年以前从萨尔第瓦尔来的。怎么没有权利嚷嚷呢？如果强叫牙床一动也不动至四分钟之久，怎么没有权利发脾气呢？想象一下一个红色的、发光的、椭圆形的大斑点吧；在那上面，放两粒小小的芥子上去；在下部，抹一笔白色，然后，垂直于这一笔，再阔括地抹一笔白色……于是你就会得到倍拿尔陀爷的肖像了。

“倍拿尔陀爷，”刚杜艾拉说，“你知道那天我在索拉雷斯看见了谁？是倍尼多。”

“嘿！”倍拿尔陀爷用一种有力的声音惊叹着。

于是便是一个长长的沉默；而当你以为这短促的话题已被忘记了的时候，倍拿尔陀爷又大声说道：

“我已长久没有见过了！”

“他现在很胖了。”刚杜艾拉回答。

“不，”倍拿尔陀爷说，“我说我已经长久没有看见索拉雷斯了。”

“那一定是一个新建筑物吧。”刚杜艾拉说。

“是古老的。”倍拿尔陀爷回答，“但是已经修改过了。”

请你们不要再问我倍拿尔陀爷的嘉言懿行。我所知道的尽于此矣；没有人知道得更多一点，知道得更多一点是决无此理。当你们退席到衣帽架上去拿你们的帽子的时候，你们看见一根巨大的藤，活像是一棵树的极大的树干。这就是倍拿尔陀爷的手杖；他曾在林中把它斩了下来，并且在藤皮上用小刀刻划了许多有趣的圈子和花纹。而在饭后，倍拿尔陀爷便扶着这巨棍，带着他的极小的眼睛，带着他的发光的脸儿，带着他的白色的胡子，像一位牧神似的，孤独而狰狞地，到俱乐部去了。

婀蕾丽亚的眼睛

阿索林

赛斯多拿是一所漂亮、时髦、舒服的旅馆；乌尔倍鲁阿迦是一个疗养院。也许赛斯多拿，带着它的似乎是客厅的对称的宽走廊，使你发生一种耶稣会的最新式的书院的印象；也许乌尔倍鲁阿迦，带着它的曲折，刷石灰而低顶的狭甬道，使你起一种法朗西思各会的朴素的修道院的观念。这一个和那一个浴场都处在同一样的地位，在一个山谷的底里；但是在乌尔倍鲁阿迦，山坡互相逼得更紧一点，溪流是更湍急一点；那些栗林是更不宽阔一点，而且当你走到它的门前的时候，有一种好像是忧闷，好像是轻微的压迫似的情绪——已由一种偏见勾引起的——便向你袭来了。你更努力一点去隐蔽住它并克制住它吧；你跨过那浴场的门槛吧。那所建筑的整个结构是历年陆续地建造成的台基和亭阁底集合。主要部分耸立在一片微凹的洼地上；我们走下四级石级……于是我们就到了门前了；我们走进一个狭窄的门洞；在底里，开展着一条空洞的长走廊，它通到一个被三根柱石界分着的宽敞之处。这里有一扇小门通到石窟，那里有一道皎白而晶莹的活水涌现出来。我们再向前进一步；一间铺陈着长椅和木柜，摆设着盆花的小厅，在我们眼前显露出来。接着我们穿过一个小院子走到另一个走廊，然后我们又碰到另一个宽敞的地方，那里有邮务处，医务处，和陈着杂七杂八的东西的长长的陈列橱。我们再走几步；另一个客厅和另一个长走廊把我们引到那些喷雾室和蒸汽浴室……随后我们又退回来走那已走过的地方；我们重又看到那石窟，那医务室，那邮政办事处；我们重又经由原先的走廊去找寻那领我们到上层去的阶梯。到了那里，我们发现自己是在一条满是小门的甬道中；地板是用坚固的木板铺砌的，上过蜡，发着光；一道狭狭的反光消失在那边远处；我们闻到一种野生的新鲜的香草，氯气和以太的扑鼻的气味。我们为什么不随那走廊走过去呢？还有什么事比观览我们所不识的屋子更有趣呢？还有什么感觉比逐渐地去发觉那些突然涌到你眼前来的不寻常的事物更愉快吗？

这条走廊引到另一道走廊。向右转，穿过一个有玻璃门的短短的客厅，走下几级，于是你终于到了一个夸大的楼梯顶，面对着其他的楼梯级，你必须走下这些梯级，才走进一间很宽大的客厅，那里四面安着长椅，挂着横阔的镜子，陈着一架直立的钢琴，在背景上烘托出它的背面的红色的斑影来。你心满意足了吗？你是不是已把一种刚在这新环境中突然起来的，对于这新环境的综合的感觉，带给了你的贪切的心灵？这一切的走廊，这一切的楼梯顶，这一切的客厅，都是阒无一人的，静悄悄的；地板发着光，墙壁好像都已粉刷过。而不时地，在沉静之中，你听到一声短促的干咳，或是一声顽强的长咳。于是你感到在这氛围气之中，是有着一点亲切而深沉的下省情味：在那层次高低不一的客厅和走廊的交错中，在陈设的简单中，在那些病房的高和深之中，在仆役们的坦白和率真中，在菜肴的纯粹的平淡之中……但是你们，像我一样，是在一个你们欣赏着这一切那么西班牙固有的东西的时刻。不久之后，当你们在这大厦中再耽搁一小时的时候，你们的趣味就会充实地满足了。因为你们觉察到那你们所呼吸着的氛围气，不仅深深地是下省的，而且，由于一种合理而必然的联系，也是饱和着一种如梦而忧郁的浪漫精神。也许你不知道这些水的神效吧？你不知道那些从字眼真正的原意说的“审美的”病人都群趋到这些汤泉来吗？而你又怎样能够否认那存在于浪漫精神和苍白的脸色，黑眼圈，纤弱以及悲剧的永远的绝望之间的亲切的关系？如果你爱小城中的这些，那么温柔、那么悒郁、那么纤弱、那么富于幻想的少女吗？她们呻吟着，流着眼泪，突然从欢乐转到伤心，在小抽屉底里藏着一张褪色的肖像和一些有一家咖啡店或一家旅馆的印戳的信件，培养着寄生草，在钢琴上奏着“洋娃娃葬曲”，读着用报纸包着的冈保阿谟或倍盖尔所著的书，匆匆地照一下镜子看看自己是否变丑了，在冬天阴暗的日子隔窗帷守望着一个陌生的过客——也许就是一个能改变我们的生活的风流少年——的步履的……如果你们爱这样的少女，到乌尔倍鲁阿迦来吧。那些日子我认识了欧拉丽亚、华尼妲、萝拉、珈尔曼、玛丽亚、萏丽葛妲，而我尤其看见过娴蕾丽亚的那双苍茫、悒郁的大眼睛。

“你在做什么，娴蕾丽亚？”一个我昨夜看见和她一起跳舞的青年对她说。

“没有什么，”她回答，“我在看河里的水……”

娴蕾丽亚倚身在桥栏上，显着一种凝神、潇洒和无拘无束的姿态。迦尔瓦尼便是在这种姿态之中，把那些一八五〇年的纤柔而苍白的妇女，安插在一个花园的平坛上或是一张长椅的扶手上的。娴蕾丽亚望着柔顺的河水，但是她的凝注的眼睛却并不看见柔顺的河水。她的侧影是在黄昏的灰色的天上描剪出来。

这正是大路施暴于浴人的时辰，但是你们并不唯命是听。在浴场的后面，傍着那条小河，有一条漫漫的白杨夹道的大路。你们移步向那边去吧。地上是铺着细草，一边耸立着荫着栗树的山坡；另一边舒展着一带低低的，繁密的苹果树，枝叶在水面横斜着。三四列的白杨把这白杨树林分成一些宽阔的路径。那些树干是细长、挺直、袅娜；枝叶不在枝干间，却是在很高的地方长出来，所以你们在其枝叶下经过的时候，就像在支撑着一个绿穹窿的一行行最精致的圆柱间经过一样。而当你们这边那边游倦了的时候，你们便在河岸上一个大水潭边坐下来。无数的水蜘蛛，行踪无定地，伸长着四只轻捷游移的脚，在水面上溜着。它们有时迅速地前进，有时停止，有时转着蓦忽而急骤的圈子。而它们的每一个动作，都在水面形成一个圆圈，去和其他无穷尽的圈子交错组合成一片飘忽而任意的花纹。

但是夜到来了，你必须回浴场去了。一口钟刚带着一种执着的声音敲过了。你们重新穿过楼下的甬道，又走上正屋的甬道。灯火已点上了，而那上过蜡的木板的长长的反光，像一条狭窄的水银带似的，消失在那边远处。一片人语的应响的烦嚣声，有点像一片低沉而悦耳的合唱似的，传到了你们的耳边：这就是在附近的圣堂里，正如每晚一样，浴客们在念玫瑰经。接着，你一边在走廊中踱着，一边听着这神秘的圣诗，于是你们的眼睛就第一次注意到那些挂在门上的古旧而可爱的小铃，疯狂的电铃的可敬的祖先。而这个无足重轻的琐事便已经把你们沉浸到一个浪漫的悠远的梦中去了。你们还缺少什么吗？你们还剩下那最主要的东西。晚饭之后，一定得到楼下客厅里去坐一会儿。这里，你们又碰到华尼妲，萝拉，珈尔曼，莒丽葛妲，欧拉丽亚，于是你们又看见了婀蕾丽亚的视而不见，茫然看着扇子上的风景的苍茫而悒郁的大眼睛。钢琴放出几声舒徐而响朗的音；那些漂亮而苍白的姑娘们都站了起来，一直走到厅的中央，慢慢地前进，后退，互相握住了一会手，又互相屈膝行礼而散开，终于跳着我们的母亲或祖母穿着满是褶褶的宽衫子所跳的那种恬静的“长矛骑兵舞”。于是你们似乎已经浓密地饱和着感伤的理想性了；可是在场的人都要求玛丽亚唱歌，于是玛丽亚愉快地笑着分辩，接着就正经起来，而在咳嗽了几声之后，她终于唱出一支懒散，忧郁，凄婉的歌来了……

于是你们便告退，在你们的精神上带着一种不可名状的情感。走廊是沉静的了。你们也许听到一声辽远的，突然的干咳，或是顽固的奇咳。而当你们上床的时候，你们便一边睡过去一边想着婀蕾丽亚的梦沉沉的大眼睛，以为自己感到了最大的荒唐和最大的诚朴，以为自己感到了慈爱的一片微茫的感觉。

刚杜艾拉

阿索林

我是在什么地方认识刚杜艾拉的？在迦尔陀思的一部小说中吗？在《朋友芒梭》中，在《禁物》中，在《山德诺医生》中，在《昂葛尔·盖拉》中？刚杜艾拉正坐在桌边，在你们对面；他生着圆圆的，细致的脸儿，而在脸上，在两旁，在颞颥上，是两个长长的三角形的脱了发的鬓角；刚杜艾拉蓄着两撇好像是剪短的八字须，使你们回想起一八五〇年的文官的八字须，两撇浓厚、黑色，很快地收窄而变成两个尖锐的须端的八字须；刚杜艾拉穿着一套朴实的灰色羊毛呢的衣服；刚杜艾拉光彩地佩着一条难以言状的领带，这种领带，你相信是曾经在一个新委的军官，一个在咖啡店中演奏的提琴家，一个商店中的店员，一个医科大学生的胸前看见过一千次的；刚杜艾拉默不作声地进食像大家一样，像他的左面，右面，对面的同桌人一样。于是你注视了他一会儿，想道："这里是一个完全平凡的人，这里是一个可怜的人，也许是一个什么部的职员，也许是一个做小本经营的人。"

但是你们错了。立刻，那位正在和倍拿尔陀爷谈话的刚杜艾拉，说道："有一次我搭快车从勃鲁赛尔到巴黎去……"这样，你们就把那放到嘴边的叉子拿住不动，愕然地望着刚杜艾拉。而刚杜艾拉却从容不迫若无其事地继续吃着。于是你又想道："无疑地，这位可怜的先生曾经偶然搭国外的特别快车旅行过一次。”可是刚杜艾拉又和爱米留爷谈起来了：“是的，我认识他，因为他在王家剧院的长期座位是在我的旁边……”于是你们又举起目光，格外诧异地，格外惊愕地，望着刚杜艾拉。这样，你们渐渐地明白，这位刚杜艾拉——一位著名的银行家的承继人——是拥有一笔极大的财产，曾经旅行过外国，住在一所豪华的住宅中，并且高兴的时候就坐着马车游玩。于是你们便凝思着，把你们的一切印象集合起来，于是又说道：“这里是一个朴素，充实，自然的人；这里是那些罕有，例外，具有一切长处，然而却有毫不显露的微妙的艺术的人们中的一个。”

而当日子渐渐地过去的时候，当你们已经和刚杜艾拉长谈过的时候，你们便看出这个可怜的人是一个地道的马德里人，真正的马德里人的例范和纲要；那就是说，一个精细，能屈能伸，善讽的人，有点儿平凡无奇，有礼貌，勤勉，直觉，伶俐……没有刚杜艾拉，萨尔第瓦尔的生活便不可领会。刚杜艾拉每年都来；他经过这里到圣塞巴斯谛昂，又从圣塞巴斯谛昂到比阿里兹去。刚杜艾拉是大家的朋友；他对你们讲两句关于这个或那个浴客的生活，他不时奉敬你们一句机智的话。刚杜艾拉凭着他有分寸而合时宜的和蔼态度得到一切妇女的欢心。他第一个问她们，在她们最近的旅行中作什么消遣；他扶持她们上落马车的踏脚镫；他为了某件或几件小事而向她们假装一种滑稽的微愠之色。

“侯爵夫人，我对你很生气。”

日涅福安德侯爵夫人，那位大家都认识的有点天真的粗心的贵妇人，呆望着他。

“为什么呢，刚杜艾拉？”

“今天早晨在公园里碰到你，你没有和我招呼。”

“天哪，刚杜艾拉！”那侯爵夫人用着一种使你们大家都不会忘记的那种哭丧着的声音喊着。

于是刚杜艾拉便低倒了头对着食盘，装着一种愁容满面的，可怕的沉默……

在快镜头下

却贝克

赶飞蛾

一个人手里拿着一本书或是一张报纸坐着；突然，他抬起头来，游目追望着空中的什么东西，好像望着一幅看不见的照相似的。接着他跳了起来，用手抓了一把，此后就跪了下来，用手掌拍了一下地。他又跳了起来，用手抓着空虚；奔到一个角隅去，一边拍着他的手，拍了一下墙，然后小心地看着自己的手。接着他无可奈何地摇着头，而走过去又坐了下来，怀疑地望着他刚才拍过一下的那一个角隅。三秒钟之后，他又一跃而起，跳到空中，击着手掌，倒在地上，打着墙壁和家具，发狂地挥动着他的臂膊，跳来跳去，头转来转去，然后又坐了下来。五秒钟之后，他又跳了起来，把这仪式一般的跳舞又重头至尾表演了一次。

追电车

这一件事，你须得要有一辆刚要开出去的电车。在这个时候，一个走到停车站去的人掉过头去，开始把他的腿更快地活动着，动作像一把剪刀似的；此后他像游戏一般地轻跳着，接着就跑慢步，一边还微笑着，好像这样做不过是玩玩而已。接着，他一手按住帽子，开始竭力奔跑了。那辆当时的确等过一会儿的电车，现在开足速力开出去了。那追电车的人绝望地奔跑了几步，而那电车却隆隆地毫不关心地驰过去了。这时候，那追电车的人下了这样的一个结论：他赶不上那辆电车了，他的热衷崩溃而消失了；他带着没力的奔跳向前跑了几步，然而停了下来，在那已去的电车后面挥着手，好像是说："没有关系，你到地狱去也尽便，走吧！我可以等第二辆电车——比你更好一点！"

牵狗散步

一个牵狗散步的人，往往自以为他牵着狗，而不是狗拉着他。如果那头狗要嗅一下什么东西，它的主人也停了步子，望着周围的建筑物或是自然景象；而当那头狗爬下来大小便的时候（这样做便是降低它的主人的身份了），它的主人就慢慢地燃起一根纸烟，或是表示出他正需要在这里逗留一会儿，表示他正在凝想什么事情，竟一点也不知道他的狗这时在做什么。

颠 踬

一个人踏着什么东西滑了一下，或是为了什么完全外来的理由突然变更了他的步伐的韵律。他往往惊愕地挥动着他的臂膊，好像要抓住什么人似的，然后用那最失体面的匆忙去重获他的失去的平衡。但是他一这样做了之后，他就带着一种显著而有精力的敏捷继续走着，好像对一切过路的人说："喂，你们在呆看什么？你们以为我要跌一跤了吗？嘿，我没有跌，可是这又和你们有什么关系呢？难道你们不看见，我现在这样大踏步走着吗？"

避泥泞

一个踏过泥水潭的人实在是这样干的。他先站在潭边，想一个方法不弄湿脚越过那水潭；接着他轻轻地跨着步子，像一只猫似的，只用他的脚尖儿踏地；此后他振作起精神，在水潭中跳着，改变方向，非常小心地前进；然而，出乎他意料地，他恰巧踏在泥泞的最深最肮脏之处。那时这想避开泥泞的人，便会表现出一种喊"啊哟"的面目；他颓然地停止了一会儿，然后从泥水潭的最深之处挣扎出来。在长长的旅程中，像人生的旅程一样，这叫作安命。

诗论零札

竹头木屑，牛溲马勃，运用得法，可成为诗，否则仍是一堆弃之不足惜的废物。罗绮锦绣，贝玉金珠，运用得法，亦可成为诗，否则还是一些徒炫眼目的不成器的杂碎。

诗的存在在于它的组织。在这里，竹头木屑，牛溲马勃，和罗绮锦绣，贝玉金珠，其价值是同等的。

批评别人的诗说“如七宝楼台，炫人眼目，拆碎下来，不成片段”，是一种不成理之论。问题不是在于拆碎下来成不成片段，却是在搭起来是不是一座七宝楼台。

西子捧心，人皆曰美，东施效颦，见者掩面。西子之所以美，东施之所以丑的，并不是捧心或颦眉，而是她们本质上美丑。本质上美的，荆钗布裙不能掩；本质上丑的，珠衫翠袖不能饰。

诗也是如此，它的佳劣不在形式而在内容。有“诗”的诗，虽以佶屈聱牙的文字写来也是诗；没有“诗”的诗，虽韵律齐整音节铿锵，仍然不是诗。只有乡愚才会把穿了彩衣的丑妇当作美人。

说“诗不能翻译”是一个通常的错误。只有坏诗一经翻译才失去一切，因为实际它并没有“诗”包涵在内，而只是字眼和声音的炫弄，只是渣滓。真正的诗在任何语言的翻译中都永远保持着它的价值。而这价值，不但是地域，就是时间也不能损坏的。

翻译可以说是诗的试金石，诗的滤箩。

不用说，我是指并不歪曲原作的翻译。

韵律齐整论者说：有了好的内容而加上“完整的”形式，诗始达于完美之境。

此说听上去好像有点道理，仔细想想，就觉得大谬。诗情是千变万化的，不是仅仅几套形式和韵律的制服所能衣蔽。以为思想应该穿衣裳已经是专断之论了（梵乐希：《文学》），何况主张不论肥瘦高矮，都应该一律穿上一定尺寸的制服？

所谓“完整”并不应该就是“与其他相同”。每一首诗应该有它自己固有的“完整”，即不能移植的它自己固有的形式，固有的韵律。

米尔顿说，韵是野蛮人的创造；但是，一般意义的“韵律”，也不过是半开化人的产物而已。仅仅非难韵实乃五十步笑百步之见。

诗的韵律不应只有浮浅的存在。它不应存在于文字的音韵抑扬这表面，而应存在于诗情的抑扬顿挫这内里。

在这一方面，昂德莱·纪德提出过更正确的意见：“语辞的韵律不应是表面的，矫饰的，只在于铿锵的语言的继承；它应该随着那由一种微妙的起承转合所按拍着的，思想的曲线而波动着。”

定理：

音乐：以音和时间来表现的情绪的和谐。

绘画：以线条和色彩来表现的情绪的和谐。

舞蹈：以动作来表现的情绪的和谐。

诗：以文字来表现的情绪的和谐。

对于我，音乐，绘画，舞蹈等等，都是同义字，因为它们所要表现的是同一的东西。

把不是“诗”的成分从诗里放逐出去。所谓不是“诗”的成分，我的意思是说，在组织起来时对于诗并非必需的东西。例如通常认为美丽的词藻，铿锵的音韵等等。

并不是反对这些词藻、音韵本身。只当它们对于“诗”并非必需，或妨碍“诗”的时候，才应该驱除它们。

（载《华侨日报》《文艺周刊》，一九四四年二月六日）

诗人梵乐希逝世

据七月二十日苏黎世转巴黎电，法国大诗人保禄·梵乐希已于二十日在巴黎逝世。

梵乐希和我们文艺界的关系，不能说是很浅。对于我国文学，梵乐希是一向关心着的。梁宗岱的法译本《陶渊明集》，盛成的法文小说《我的母亲》，都是由他作序而为西欧文艺界所推赏的；此外，雕刻家刘开渠，诗人戴望舒，翻译家陈占元等，也都做过梵乐希的座上之客。虽则我国梵乐希的作品翻译得很少，但是他对于我们文艺界一部分的影响，也是不可否认。所以，当这位法国文坛的巨星陨堕的时候，来约略介绍他一下，想来也必为读者所接受的吧。

保禄·梵乐希于一八七一年十月三十日生于地中海岸的一个小城——赛特，母亲是意大利人。他的家庭后来迁到蒙柏列城，他便在那里进了中学，又攻读法律。在那个小城中，他认识了《阿弗诺第特》的作者别尔·路伊思，以及那在二十五年后使他一举成名的昂德莱·纪德。

在暑期，梵乐希常常到他母亲的故乡热拿亚去。从赛特山头遥望得见地中海的景色，热拿亚的邸宅和大厦，以及蒙柏列城的植物园等，在诗人的想象之中都留下了深深的印迹。

在一八九二年，他到巴黎去，在陆军部任职，后来又转到哈瓦斯通讯社去。在巴黎，他受到了当时大诗人马拉美的影响，变成了他的入室弟子，又分享到他的诗的秘密。他也到英国去旅行，而结识了名小说家乔治·米雷狄思和乔治·莫亚。

到这个时期为止，他曾在好些杂志上发表他的诗，结集成后来在一九二〇年才出版《旧诗帖》集。他也写了《莱奥拿陀·达·文西方法导论》（一八九五）和《戴斯特先生宵谈》（一八九六）。接着，他就完全脱离了文坛，过着隐遁的生涯差不多有二十年之久。

在这二十年之中的他的活动，我们是知道得很少。我们所知道的，只是他放弃了诗而去研究数学和哲学，像笛卡德在他的炉边似的，他深思熟虑着思想、方法和表现的问题。他把大部分的警句、见解和断片都储积在他的手册上，长久之后才编成书出版。

在一九一三年，当他的朋友们怂恿他把早期的诗收成集子的时候，他最初拒绝，但是终于答应了他们，而坐下来再从事写作；这样，他对于写诗又发生了一种新的乐趣。他花了四年工夫写成了那篇在一九一七年出版的献给纪德的名诗《青年的命运女神》。此诗一出，立刻受到了优秀的文人们的热烈欢迎。朋友们为他开朗诵会，又写批评和赞颂文字；而从这个时候起，他所写的一切诗文，便在文艺市场中为人热烈地争购了。称颂，攻击和笔战替他做了极好的宣传，于是这个逃名垂二十年的诗人，便在一九二五年被选为法兰西国家学院的会员，继承了法朗士的席位了。正如一位传记家所说的一样，“梵乐希先生的文学的成功，在法国文艺界差不多是一个唯一的事件”。

自《青年的命运女神》出版以后，梵乐希的诗便一首一首地发表出来。数目是那么少，但却都是费尽了推敲功夫精炼出来的。一九一七年的《晨曦》，一九二〇年的《短歌》和《海滨墓地》，一九二二年的《蛇》《女巫》和《幻美集》，都只出了豪华版，印数甚少，只有藏书家和少数人弄得到手，而且在出版之后不久就绝版了的。一九二九年，哲学家阿兰评注本的《幻美集》出版，一九三〇年，普及本的《诗抄》和《诗文选》出版，梵乐希的作品始普及于大众。在同时，他出版了他的美丽的哲理散文诗《灵魂和舞蹈》（一九二一）和《欧巴里诺思或大匠》（一九二三），而他的论文和序文，也集成《杂文一集》（一九二四）和《杂文二集》（一九二九）。此外，他的《手册乙》（一九二四），《爱米里·戴斯特太太》（一九二五），《罗盘方位》（一九二六），《罗盘方位别集》（一九二七）和《文学》（一九二九，有戴望舒中译本），也相继出版，他深藏的内蕴，始为世人所知。

梵乐希不仅在诗法上有最高的造就，他同样也是一位哲学家。从他的写诗为数甚少看来，正如他所自陈的一样，诗对于他与其说是一种文学活动，毋宁说是一种特殊的心灵态度。诗不仅是结构和建筑，而且还是一种思想方法和一种智识——是想观察自己的灵魂，是自鉴的镜子。要发现这事实，我们也不需要大批研究梵乐希的书或是一种对于他诗中的哲理的解释。他对于诗的信条，是早已在四十年前最初的论文中表达出来了，就是在那个时候，他也早已认为诗是哲学家的一种“消遣”和一种对于思索的帮助了。而他的这种态度，显然是和以抒情为主的诗论立于相对的地位的。在他的《达文西方法导论》中，梵乐希明白地说，诗第一是一种文艺的“工程”，诗人是“工程师”，语言是“机器”；他还说，诗并不是那所谓灵感的产物，却是一种“勉力”“练习”和“游戏”的结果。这种诗的哲学，他在好几篇论文中都再三发挥过，特别是在论拉封丹的《阿陶尼思》和论爱伦坡的《欧雷加》的那几篇文章中。而在他的《答辞》之中，他甚至说，诗不但不可放纵情绪，却反而应该遏制而阻拦它。但是他的这种“诗法”，我们也不可过分地相信。在他自己的诗中，就有好几首好诗都是并不和他的理论相符的；矫枉过正，梵乐希也是不免的。

意识的对于本身和对于生活的觉醒，便是梵乐希大部分的诗的主题，例如《水仙辞断章》《女巫》《蛇之初稿》等等。诗的意识瞌睡着；诗人呢，像水仙一样，迷失在他的为己的沉想之中；智识和意识冲突着。诗试着调解这两者，并使他们和谐；它把暗黑带到光明中来，又使灵魂和可见的世界接触；它把阴影、轮廓和颜色给与梦，又从缥缈的憧憬中建造一个美的具体世界。它把建筑加到音乐上去。生活，本能和生命力，在梵乐希的象征——树，蛇，妇女——之中，摸索着它们的道路，正如在柏格森的哲学中一样；而在这种“创造的演化”的终点，我们找到了安息和休止，结构和形式，语言和美，槟榔树的象征和古代的圆柱（见《槟榔树》及《圆柱之歌》）。

不愿迷失或沉湮于朦胧意识中，便是梵乐希的杰作《海滨墓地》的主旨。在这篇诗中，生与死，行动与梦，都互相冲突着，而终于被调和成法国前无古人的最隐秘而同时又最音乐性的诗。

人们说梵乐希的诗晦涩，这责任是应该由那些批评和注释者来担负，而不是应该归罪于梵乐希自己的。他相当少数的诗，都被沉没在无穷尽的注解之中，正如他的先师马拉美所遭遇到的一样。而正如马拉美一样，他的所谓晦涩都是由那些各执一辞的批评者们而来的。正如他的一位传记家所讽刺地说的那样，“如果从梵乐希先生的作品所引起的大批不同的文章看来，那么梵乐希先生的作品就是一个原子了。他自己也这样说：‘人们所写的关于我的文章，至少比我自己所写的多一千倍。’”

关于那些反对他的批评者的意见，我们在这里也讨论不了那么多，例如《纯诗》的作者勃雷蒙说他是“强作诗人”，批评家路梭称他为“空虚的诗人”，而一般人又说他的诗产量贫乏等等；而但尼思·梭雷又攻击他以智识破坏灵感。其实梵乐希并没有否定灵感，只是他主张灵感须由智识统制而已。他说：“第一句诗是上帝所赐的，第二句却要诗人自己去找出来。”在他的诗中，的确是有不少“迷人之句”使许多诗人们艳羡的；至于说到他的诗产量“贫乏”呢，我们可以说，以少量诗而获得巨大的声名的，在法国诗坛也颇有先例，例如波特莱尔，马拉美和韩波就都如此。

这位罕有的诗人对于思想和情性的流露都操纵有度，而在他的《手册》《方法》《片断》和《罗盘方位》等书中的零零碎碎的哲学和道德的意见，我们是不能加以误解的。那些意见和他的信条是符合的，那就是：正如写诗一样，思索也是一种辛勤而苦心的方法；正如一句诗一样，一个思想也必须小心地推敲出来的。“就其本性说来，思想是没有风格的”，他这样说。即使思想是已经明确了的，但总还须经过推敲而陈述出来，而不可仅仅随便地录出来。梵乐希是一位在写作之前或在写作的当时，肯花工夫去思想的诗人。而他的批评性和客观性的方法，是带着一种新艺术的标记的。

然而，在说这话的时候，我们的意思并不就是排斥那一任自然流露，情绪突发的诗，如像超自然主义那一派一样。梵乐希和超自然主义派，都各有其所长，也各有其所短，这是显然的事实。

梵乐希已逝世了，然而梵乐希在法国文学中所已树立了的纪念碑，将是不可磨灭的。

（载《南方文丛》第一辑，一九四五年八月）

十年前的《星岛》和《星座》

一九三八年五月中，那时我刚从变作了孤岛的上海来到香港不久。《吉诃德爷》的翻译工作虽然给了我一部分生活保障，但是我还是不打算在香港长住下来。那时我的计划是先把家庭安顿好了，然后到抗战大后方去，参与文艺界的抗敌工作，因为那时中华文艺界抗敌协会已开始组织起来了。可是一个偶然的机会却叫我在香港逗留了下来。

有一天，我到简又文陆丹林先生所主办的“大风社”去闲谈。到了那里的时候，陆丹林先生就对我说，他正在找我，因为有一家新组织的日报，正在物色一位副刊的编辑，他想我是很适当的，而且已为我向主持人提出过了，那便是《星岛日报》，是胡文虎先生办的，社长是他的公子胡好先生。说完了，他就把一封已经写好了的介绍信递给我，叫我有空就去见胡好先生。

我踌躇了两天才决定去见胡好先生。使我踌躇的，第一是如果我接受下来，那么我全盘的计划都打消了；其次，假定我担任了这个职务，那么我能不能如我的理想编辑那个副刊呢？因为，当时香港还没有一个正式新文艺的副刊，而香港的读者也不习惯于这样的副刊的。可是我终于抱着“先去看看”的态度去见胡好先生。

看见了现在这样富丽堂皇的星岛日报社的社址，恐怕难以想象——当年初创时的那种简陋吧。房子是刚刚重建好，牌子也没有挂出来，印刷机刚运到，正在预备装起来，排字房也还没有组织起来，编辑部是更不用说了。全个报馆只有一个办公室，那便是在楼下现在会计处的地方。便在那里，我见到了胡好先生。

使我吃惊的是胡好先生的年轻，而更使我吃惊的是那惯常和年轻不会合在一起的干练。这个十九岁的少年那么干练地处理着一切，热情而爽直。我告诉了他我愿意接受编这张新报的副刊，但我也有我的理想，于是我把我理想中的副刊是怎样的告诉了他。胡好先生的回答是肯定的，他告诉我，我会实现我的理想。接着我又明白了，现在问题还不仅在于副刊编辑的方针和技术，却是在于使整个报馆怎样向前走，那就是说，我们面对着的，是一个达到报纸能出版的筹备工作。我不得不承认，我的经验只是整个报馆的一部分。但是我终于毅然地答应下来，心里想，也许什么都从头开始更好一点。于是我们就说定第二天起就开始到馆工作。

一切都从头开始，从设计信笺信封，编辑部的单据，一直到招考记者和校对，布置安排在阁楼的编辑部，以及其他无数繁杂和琐碎的问题和工作。新的人才进来参加，工作繁忙而平静地进行，到了七月初，一切都准备得差不多了。

然而有一个问题却使我不安着，那便是我们当时的总编辑，是已聘定了樊仲云。那个时候，他是在蔚蓝书局当编辑，而这书局的败北主义和投降倾向，是一天天地更明显起来。一张抗战的报怎样能容一个有这样倾向的总编辑呢？再说，他在工作上所表现的又是那样庸弱无能。我不安着，但是我们大家都不便说出来，然而，有一天，胡好先生却笑嘻嘻地走进编辑部来，突然对我们宣说：樊仲云已被我开除了。胡好先生是有先见的，第二年，他便跟汪逆到南京去做所谓“和平救国运动”了。

那个副刊定名为《星座》，取义无非是希望它如一系列灿烂的明星，在南天上照耀着，或是说像《星岛日报》的一间茶座，可以让各位作者发表一点意见而已。稿子方面一点也没有困难，文友们从四面八方寄了稿子来，而流亡在香港的作家们，也不断地给供稿件，我们竟可以说，没有一位知名的作家是没有在《星座》里写过文章的。在编排方面，我们第一个采用了文题上的装饰插图和名家的木刻、漫画等（这个传统至今保持着）。

这个以崭新的姿态出现的报纸，无疑地获得了意外的成功。当然，胡文虎先生的号召力以及报馆各部分的紧密的合作，便是这成功的主因。我不能忘记，在八月二日胡好先生走进编辑部来时的那一片得意的微笑或热烈的握手。

从此以后，我的工作是专对着《星座》副刊了。

然而《星座》也并不是如所预期那样顺利进行的。给与我最大最多的麻烦的，是当时的检查制度。现在，我们是不会有这种麻烦了，这是可庆贺的！可是在当时种种你想象不到的噜苏，都会随时发生。似乎《星座》是当时检查的唯一的目标。在当时，报纸上是不准用“敌”字的，“日寇”更不用说了。在《星座》上，我虽则竭力避免，但总不能躲过检查官的笔削。有时是几个字，有时是一两节，有时甚至全篇。而我们的“违禁”的范围又越来越广。在这个制度之下，《星座》不得不牺牲了不少很出色的稿子。我当时不得不索性在《星座》上“开天窗”一次，表示我们的抗议。后来也办不到了，因为检查官不容我们“开天窗”了。这种麻烦，一直维持到我编《星座》的最后一天。三年的日常工作便是和检查官的“冷战”。

这样，三年不知不觉地过去了。接着，有一天，一九四一年十二月七日的清晨，太平洋战争爆发起来了。虽则我的工作是在下午开始的，这天我却例外在早晨到了报馆。战争的消息是证实了，报馆里是乱哄哄的。敌人开始轰炸了。当天的决定，《星座》改变成战时特刊，虽则只出了一天，但是我却庆幸着，从此可以对敌人直呼其名，而且可以加以种种我们可以形容他的形容词了。

第二天夜间，我带着棉被从薄扶林道步行到报馆来，我的任务已不再是副刊的编辑，而是□□了。因为炮火的关系，有的同事已不能到馆，在人手少的时候，不能不什么都做了。从此以后，我便白天冒着炮火到中环去探听消息，夜间在馆中译电。在紧张的生活中，我忘记了家，有时竟忘记了饥饿。接着炮火越来越紧，接着电也没有了。报纸缩到不能再小的大小，而新闻的来源也差不多断绝了。然而大家都还不断地工作着，没有绝望。

接着，我记得是香港投降前三天吧，报馆的四周已被炮火所包围，报纸实在不能出下去了。消息越来越坏，馆方已准备把报纸停刊了。同事们都充满了悲壮的情绪，互相望着，眼睛里含着眼泪，然后静静地走开去。然而，这时候却传来了一个欺人的好消息，那便是中国军队已打到新界了。

消息到来的时候，在报馆的只有我和周新兄。我们想这消息是不可靠的，但是我们总得将它发表出去。然而，排字房的工友散了，我们没有将它发出去的方法。可是我们应该尽我们最后一天的责任。于是，找到了一张白报纸，我们用红墨水尽量大地写着：“确息：我军已开到新界，日寇望风披靡，本港可保无虞”，把它张贴到报馆门口去。然后两人沉默地离开了这报馆。

我永远记忆着这离开报馆时的那种悲惨的景象，它和现在的兴隆的景象是呈着一个明显的对比。

（载《星岛日报·星座》增刊第十版，
一九四八年八月一日）

小说与自然

用自然景物来作小说的背景，是否用得其法，则要看作家自己的心境和手法如何而定。有时必须把自然景物引入作品里才成，有时则完全省去也不要紧。

例如女作家贞奥斯丁的小说便完全不用自然景物来做背景，她所描写的只有人而已。

汤姆斯·哈代的小说虽然也用自然景物做背景，可是他所描写的只限于威兹萨克斯附近的风光，不过他却能够把此处的特色玲珑浮突地刻画出来，所以有人叫他的小说做威兹萨克斯小说。他把用来做小说的背景的自然景物，巧妙地借以帮助小说里的人物的活动和事件的发展，因此，哈代的作品几乎不能跟自然分开来了。

史蒂文生也是一个在小说里侧重利用自然景物的作家，在他笔下刻画出来的那些背景，无不像一幅绘画一样的显得鲜明而美丽。而且他所写的自然动的地方比静的地方多，所以能引起读者一种深刻的兴趣。如风怎样吹的样子，又如雨怎样下的光景，都是他最拿手的描写地方。况复他的观察力非常敏锐，又微带点神经质气味，无论如何细微的地方也不肯放过，所以其感动人的力量就能沁人心脾。我们读史蒂文生的小说时，透过那些自然景物的描写便可以看出他的泼辣的才气，以及辨别好坏美丑的锐利眼光。

康拉特的小说，其爱好描写自然景物实在比其他作家更深一层。不过他多用大海来做小说的背景，大概这是因为受了少时航海日夕亲炙海上风光的影响吧？他所描写的船上火灾，沉船遇难，航行海上，暴风浪都能以一种独特的笔致细腻写出，刻画入微。然而这种写法虽然能在作品上多少加添些色彩，但是由于过分侧重自然活动的描写，就不免流露出一种主客倒置的不好现象。

梅利迪斯写恋爱小说时是运用富有诗意的风景来做背景。他的写法虽然写得非常曲折，但反而能够把自然感人最深的色与香的微妙处衬托出来，所以完全跟恋爱故事的小说背景铢两悉称。而且他常常把普通物象描写成比普通更强烈，更浓厚，自然而然会予人一种深刻的印象。

这样说来，贞奥斯丁是完全不靠自然景物依然可以写出好作品，反之，康拉特却因太过侧重自然景物，作品的主意就不免被做背景的自然描写破坏掉。其余三人哈代，史蒂文生，梅利迪斯却走的是中间路线，他们不特把自然弄成小说的适当而调和的背景，而且还能借助自然景物加强了作品的主意。因此，我们不能一口断定描写自然是好是坏，却应该考虑到其时，其地，其事是否宜于利用自然而已。

（载《华侨日报》《文艺周刊》，
一九四八年十一月二十一日）

林泉居日记

这是戴望舒的一本日记，直行，毛笔书写，内封有“第三本”字样，无年份，记七、八、九三个月的事。从日记内容来看，当是一九四一年。其时戴望舒在香港，担任《星岛日报》《星座》副刊编辑，家居薄扶林道的WOOD BROOK，一般人称“木屋”，戴望舒自译为“林泉居”。戴望舒夫人穆丽娟于一九四一年冬至后已携女儿朵朵（咏素）回到上海。友人徐迟与夫人陈松、沈仲章暂寓戴望舒家中。现根据手稿将日记编入本卷，标题为编者所加，文中个别错字也作了订正。

七月二十九日　晴

丽娟又给了我一个快乐：我今天又收到了她的一封信。她告诉我她收到我送她的生日蛋糕很高兴，朵朵也很快乐，一起点蜡烛吃蛋糕。我想象中看到了这一幕，而我也感到快乐了。信上其余的事，我大概已从陈松那儿知道了。

今天徐迟请他的朋友，来了许多人，把头都闹胀了。自然，什么事也没有做成。上午又向秋原预支了百元。是秋原垫出来的。

三十日　晴

上午龙龙来读法文。下午出去替丽娟买了一件衣料，价八元七角，预备放在衣箱中寄给她。又买了一本英文字典、五支笔，也是给丽娟的。又买了两部西班牙文法，价六元，是预备给胡好读西班牙文用的。不知会不会偷鸡不着蚀把米？到报馆里去的时候，就把书送了给胡好，并约定自下月开始读。

晚间写信给丽娟，劝她搬到前楼去，不知她肯听否？明天可以领薪水，可以把她八月份的钱汇出，只是汇费高得可怕，前几天已对水拍谈过，叫他设法去免费汇吧。

药吃了也没有多大好处。我知道我的病源是什么。如果丽娟回来了，我会立刻健康的。

三十一日下午　雨

今天是月底，上午到报馆去领薪水，出来后便到兑换店换了六百元国币。五百元是给丽娟八月份用，一百元是还瑛姊的。中午水拍来吃饭，便把五百元交给他，因为他汇可以不出汇费。但是他对我说，现在行员汇款是有限制的，是否能汇出五百元还不知道，但也许可以托同事的名义去汇，现在去试试看，如果不能全汇，则把余数交给我。

今天是报馆上海人聚餐的日子，约好先到九龙城一个尼庵去游泳，然后到侯王庙对面去吃饭。午饭后就带了游泳具到报馆去，等人齐了一同去。可是天忽然大雨起来，下个不停，于是决定不去游泳了。五时雨霁，便会同出发，渡海到九龙，乘车赴侯王庙，可是一下公共汽车，天又下雨了。没有法子，只好冒雨走到侯王庙，弄得浑身都湿了。菜还不错，吃完已八时许，雨也停了。出来到深水埔吃雪糕，然后步行到深水埔码头回香港。在等船的时候，灵凤和光宇为了漫画协会的事口角起来，连周新也牵了进去，弄得大家都不开心。正宇和我为他们解劝。到了香港后，又和光宇弟兄和灵凤等四人在一家小店里饮冰，总算把一场误会说明白了。返家即睡。

八月一日　晴

早上报上看见香港政府冻结华人资金，并禁止汇款，看了急得不得了。不知丽娟的钱可以汇得出否？急急跑到水拍处去问，可是他却不在，再跑到上海银行去问，停止汇款是否事实，上海汇款通否？银行却说暂时不收。这使我急得像热锅上的蚂蚁，真不知道怎样才好。回来想想，这种办法大概是行不通的，上海有多少人是靠着香港的汇款的，过几天一定有改变的办法出来。心也就放了下来。

下午到中华百货公司买了一套玩具，是一套小型的咖啡具，价三元九角五，预备装在箱中寄到上海去。她看见也许会高兴吧。她要我买点好东西给她玩，而我这穷爸爸却买了这点不值钱的东西（一套小火车要六十余元！），想了也感伤起来了。

昨夜又梦见了丽娟一次。不知什么道理，她总是穿着染血的新娘衣的。这是我的血，丽娟，把这件衣服脱下来吧！

八月二日　晴　晚间雨

早晨又到中国银行去找袁水拍。他说：一般的个人汇款，现在已可以汇了，可是数目很小，每月一千五百元国币，商业汇款还不汇，我交给他的五百元还没有汇出，大概至多汇出一部分。再过一两月给我回音。托人家办事，只好听人家说，催也没用。出来后到上海银行，再去问一问汇款的事。行中人说的话和水拍一样，可是汇费却高得惊人，每国币百元须汇费港币四元九角，即合国币三十余元。还只是平汇，这样说来，五百元的汇费就须一百五十一元，电汇就须一百八十元了，这如何是好！接着就叫旅行社到家中取箱子，可是他们却回答我说，现在箱子已不收了。这是什么道理呢？我说，你们大概弄错了吧，前几星期我也来问过，你们说可以寄的。他们却回答说，从前是可以的，现在却不收了。真是糟糕，什么都碰鼻子，闷然而返。

下午到邮局时收了丽娟的一封信，使我比较高兴了一点。信中附着一张照片，就是我在陈松那里看到过的那张，我居然也得到一张了！从报馆出来后，就去中华百货公司起了一个漂亮的镜框，放在案头。现在，我床头，墙上，五斗橱上，案头，都有了丽娟和朵朵的照片了。我在照片的包围之中过度想象的幸福生活。幸福吗？我真不知道这是幸福还是苦痛！

一件事忘记了，从中国银行出来后，我到秋原处去转了转，因为他昨天叫徐迟带条子来叫我去一次，说有事和我谈。事情是这样的：天主堂需要一个临时的改稿子的人，略有报酬，他便介绍了我。我自然答应了下来，多点收入也好。事情说完了之后……就走了出来。

三日　雨

上午到天主堂去找师神父，从他那儿取了两部要改的稿子来。报酬是以字数计的，但不知如何算法，也不好意思问。晚间写信给丽娟，告诉她汇款的困难问题，以及箱子不能寄，关于汇款，我向她提出了一个办法，就是叫她每两月到香港来取款一次。但我想她一定不愿意，她一定以为我想骗她到香港来。

四日　晴

陆志庠对我说想吃酒，便约他今晚到家里来对酌。这几天，我感到难堪的苦闷，也可以借酒来排遣一下。下午六时买了酒和罐头食品回来，陆志庠已在家等着了。接着就喝将起来。两人差不多把一大瓶五加皮喝完，他醉了，由徐迟送他回去。我仍旧很清醒，但却止不住自己的感情，大哭了一场，把一件衬衫也揩湿了。陈松阿四以为我真醉了，这倒也好，否则倒不好意思。

徐迟从水拍那里带了三百元来还我，说没有法子汇，其余的二百元呢，他无论如何给我汇出。这三百元如何办呢？到上海银行去，我身边的钱不够汇费。没有办法的时候，到十一二号领到稿费时电汇吧，汇费纵然大也只得硬着头皮汇了！

今天下午二时许，许地山突然去世了。他的身体是一向很好的，我前几天也还在路上碰到他，真是想不到！听说是心脏病，连医生也来不及请。这样死倒也好，比我活着受人世最大的苦好得多了。我那包小小的药还静静地藏着，恐怕总有那一天吧。

八月五日　晴

上午又写了一封信给丽娟，又把六七两月的日记寄了给她。我本来是想留着在几年之后才给她看的，但是想想这也许能帮助她使她更了解我一点，所以就寄了给她，不知她看了作何感想。两个月的生活思想等等，大致都记在那儿了，我是什么也不瞒她的，我为什么不使她知道我每日的生活呢？

中午许地山大殓，到他家里去吊唁了一次。大家都显着悲哀的神情，也为之不欢。世界上的人真奇怪，都以为死是可悲的，却不知生也许更为可悲。我从死里出来，我现在生着，唯有我对于这两者能作一个比较。

六日　晴

前些日子，胡好交了一本稿子给我，要我给他改。这是一个名叫白虹的舞女写的，写她如何出来当舞女的事。我不感兴趣，也没有工夫改，因此搁下来了。后来徐迟拿去看，说很好，又去给水拍看，也说好。今天他们二人联名写了一封信，要我交给胡好，转给那舞女，想找她谈谈。这真是怪事了。但我知道他们并不是对女人发生兴趣，他们是想知道她的生活，目的是为了写文章。我把信交给胡好，胡好说，那舞女已到重庆去了。这可使徐迟他们要失望了吧。

好几天没有收到丽娟的信了。又苦苦地想起她来，今夜又要失眠了。

七日　晴

昨天龙龙来读法文的时候对我说，她父亲说，大夏大学决定搬到香港来（一部分），要请我教国文。所以今天吃过饭之后，我便去找周尚，问问他到底如何情形。他说，大夏在香港先只开一班，大学一年级，没有法文，所以要请我教国文。可是薪水也不多，是按钟点计算的，每小时二元，每星期五小时，这就是说每月只有四十元，而且还要改卷子。这样看来，这个事情也没有什么好，我是否接受还不能一定，等将来再看吧。

今天阴历是闰六月十五，后天是丽娟再度生日，应该再打一个电报去祝贺她。

八日　晴

吃中饭的时候，徐迟带了一个袁水拍的条子来，说二百元还不能汇，但是他在上海有一点存款，可以划二百元给丽娟，他一面已写信给他在上海的朋友，一面叫我写信告诉丽娟。我收到条子后，就立刻写信给丽娟，告诉她取款的办法。

饭后去寄信的时候，使我意外高兴的，是收到了一封丽娟的信，告诉我她已搬到了中一村，朵朵生病，时彦生活改变，又叫我买二张马票。真是使人不安。朵朵到了上海后常常生病，而她在香港时却是十分康健的。我想还是让朵朵住到香港来好吧。时彦也很使我担忧。穆家的希望是寄在他身上，而现在他却像丽娟所说的“要变第二个时英了”！这十年之中，穆家这个好好的家庭会变成这个样子，真是使人意想不到的。财产上的窘急倒还是小事，名誉上的损失却更巨大。后一代的人，几乎没有一个例外，都过着向下的生活，先是时英时杰，现在是丽娟时彦，这难道是命运吗？岳母在世发神经时所说“鬼寻着”的话，也许不是无因的……关于时彦，我想一方面是环境的不好，另一方面丽娟的事也是使他受了刺激的。在上海的时候，我就看见他为了丽娟的事而失眠。他想想一切都弄得这样了，好好做人的勇气自然也失去了。

但愿时彦和丽娟两个人都回头吧！他们是穆家唯一有点希望的人！

现在已二时，今天恐怕又要睡不好了。

九日　晴

早上儿点钟光景，徐迟来叫醒了我说陈松昨夜失窃了！她把一共五十元光景的钱分放在两个皮匣里，藏在抽斗中，可是忘记把抽斗锁上了。偷儿从窗中爬进来，把这钱取了去。时候一定是在半夜四时许，因为我在三时还没有睡着。后来沈仲章上来说，贼的确是四点钟光景来的。他听见狗叫声，马师奶也听见狗叫声而起来，看见一个人影子闪过。奇怪的是贼胆子竟如此大，奇怪的是徐迟夫妇会睡得这样熟，奇怪的是我住到这里那样长又没有失窃过，而陈松来了不久就被窃了。这也是命运吧。陈松很懊丧，因为她所有的钱都在那里了。徐迟去报了差馆。差馆派了人来问了一下。可是这钱是没有找回来的希望了。

今天打了一个贺电给丽娟，贺她今年再度的生日。

晚间马师奶请吃夜饭，有散缪尔等人。马师奶说，巴尔富约我们明天到他家里去吃茶。我又有好久没有看见他了，可是实在怕走那条山路。

十日　晴

今天是星期日，上午到报馆里去办了公，下午便空出来了。吃过午饭之后，我提议到浅水湾去游泳，因为陈松自从失了钱以来，整天愁着，这样可以忘掉。于是大家决意先到浅水湾，然后到巴尔富家去吃点心。决定了便立即动身到油麻地坐公共汽车去。在公共汽车上遇到了许多人，乔木、夏衍等等，他们也是去游泳的，便一起出发。浅水湾的水还是很脏，水面上满是树枝和树叶，可是我们仍然在那里玩了长久，因为熟人多的原故，连时光的过去也不觉得了。出水后已五时许，坐了一下后，即动身到巴尔富家去。

在走上山坡的时候，我忽然想起丽娟和朵朵来，去年或是前年的有一天下午，我们一同踏着这条路走上去过，其情景正像现在的徐迟夫妇和徐律一样。但是这幸福的时候离开我已那么远那么远了！在走上这山坡的时候，丽娟，你知道我是带着怎样的惆怅想着你啊！到了山顶的时候，巴尔富和马师奶已等了我们长久了，于是围坐下来饮茶吃点心，并随便闲谈，一直谈到天快晚的时候才下山来。下山来却坐不到公共汽车，每辆车子都是客满，没办法了，只好拔脚走，一直走到快到香港仔的时候，才拦到了一辆巴士，坐着回来。匆匆吃了夜饭就上床，因为实在疲倦极了。

十一日　晴

上午到报馆去领稿费，出来随即把丽娟的三百元交上海银行汇出去，恐怕她又等得很急了吧。汇费是十七元七角四分港币，真是太大了，上次汇五百元的时候，我觉得十七元余的汇费已太大，不料这次汇三百元都要十七元余。如果再加，如何能负担呢？

银行里出来后，又到跑马会去买了三张马票，两张是要寄给丽娟的，一张留着给自己。希望中奖吧！

上午屠金曾对我说，上海同人今天下午到丽池去游泳，叫我也去，所以下午也到报馆去，可是光宇、灵凤等又不想去了。屠氏兄弟周新等以为他们失信，心中不太高兴，便仍旧拉着我去。在丽池游了三小时光景，我觉得已比从前游得进步一点了。在那里吃了点心回来。

十二日　晴

上午写信给丽娟，并把两张马票附寄给她。在信中，我把我收到她的信的那一天的思想告诉了她。……这个天真的人，我希望她一生都在天真之中！我要永远偏护她，不让她沾了恶名。她不了解我也好，我总照着我自己做，我深信是唯一能爱她而了解她，唯一为她的幸福打算的人，等她年纪再大一点的时候，等她从迷梦中清醒过来的时候，她总有一天会知道我的。

身边还余五十余元，交了三十五元给阿四，叫她明天把丽娟去沪时的当赎出来。

十三日　晴

早上阿四把丽娟所典质的东西取了回来，一个翡翠佩针，一个美金和朵朵的一个戒指。见物思人，我又坠入梦想中了。这两个我一生最宝爱的人，我什么时候能够再看见她们啊！在想到无可奈何的时候，我的心总感到像被抓一样地收紧起来。想她们而不能看见她们，拥她们在怀里，这是多么痛苦的事啊！我总得设法到上海去看她们一次，就是冒什么大的危险也是甘愿的！现在还有什么东西使我害怕呢？死亡也经过了，比死更难受的生活也天天过着。我一定得设法去看她们。

晚间到文化协会去讲小说研究，因为是七点半开始的，所以没有吃饭，九时许回家的时候，袁水拍在这里，便和他以及徐迟夫妇到大公司去，他们吃茶我吃饭，回来不久就睡。

十四日　晴

徐迟这人真莫名其妙，对陈松一会儿好，一会儿坏，对朋友也是这样。现在，他自己觉得是前进了，脾气也越来越古怪了。我看到他一张纸，写着说，以后要只和“朋友”来往，即日设法搬到朋友附近去住。所谓“朋友”是指那些所谓“前进”的人，即夏衍，郁风，乔木，水拍等。如果他要搬，我也决不留他，反正他们住在这里我也便宜不了多少。他们管饭以来，菜总是不够吃的。丽娟，你什么时候能够回来啊！

饭间复陆侃如夫妇和吴晓铃的信，又把他们在《俗文学》的稿费寄给他们。

十五日　晴

上午到邮政局去，出于意外地，收到了丽娟在本月七日所发的信。我以前写信请她搬到前楼去，她回信却说宁可省一点钱，将就住在亭子间里。其实这点钱何必省呢？也许因住得不好而生病，反而多花钱。再说，我已答应多的房钱由我来出的。她说她身体不好，轻了六磅，这也是使我不安心的，我真希望她能回到香港来，让我可以好好地服侍她，为她调理。她劝我不要到上海去，看看照片也是一样。唉，哪里能够一样！信上有一句话使我很以为惊喜，即就是她说“也许我过了几天已在香港也说不定”。也许真会有这样的事吧！于是我想到她没有入口证，上海也不能领，就是要来也来不成的，于是在抽斗里找出了她的两张照片，饭后去讨了领证纸，填好了又去找胡好作保，然后送到旅行社请他们去代领。这次是领的两年的，七元，这样可以用得时间长一点。旅行社说现在领证颇多困难，能否领得犹未可知。出来的时候，颇有点担心，可是总不至于会有什么大困难吧。

出了旅行社又回报馆去，因为今天是十五，是报馆上海同人茶叙的日子。今天约在丽池，既可以饮茶，又可以游泳。发好稿子后，便和他们一同出发去。游泳的仅有周新屠金曾靡文焕和我四人，其余的都坐着吃茶点看看。在那里玩了三时光景，然后回家来。今日领薪。

十六日　晴

昨天收到了丽娟那封信，高兴了一整天，今天也还是高兴着。丽娟到底是一个有一颗那么好的心的人。在她的信上，她是那么体贴我，她处处都为我着想，谁说她不是爱着我呢？一切都是我自己不好，都是我以前没有充分地爱她——或不如说没有把我对于她的爱充分地表示出来。也许她的一切行为都是对我的试验，试验我是否真爱她，而当她认为我的确是如我向她表示的那样，她就会回来了（但是我所表示的只是小小的一部分罢了，我对于她感情深到怎样一种程度，是怎样也不能完全表示的）。正像她是注定应该幸福的一样。我的将来也一定是幸福的，我只要耐心一点等着就是了。这样，我为什么常常要想起那种暗黑的思想呢？这样，在我毁灭自己的时候，我不是犯了大错误吗？我为什么要藏着那包药？这样一想，我对于那包药感到了恐怖，好像它会跳进我口中来似的，我好像我会在糊涂时吞下它去似的。这样，我立刻把这包小小的东西投在便桶中，把它消灭了，好像消灭了一个要陷害我的人一样。而这样心理十分舒泰起来。是的，我将是幸福的，我只要等着就是了。

心里虽则高兴，却又想起丽娟在上海一定很寂寞。我怎样能解她的寂寞呢？叫别人去陪她玩，总要看别人的高兴。周黎庵处我已写了好几封信去，瑛姊、陈慧华等处也曾写了信去，不知她们会不会常常去找找她，以解她的寂寞呢？咳，只要我能在上海就好了。

十七日　晴

晚间写信复丽娟，并把赎当等事告诉她。她来信要我写信给周黎庵，要他教书，所以我又写了一封信给黎庵。不过报酬如何算呢？我们已麻烦他的太多了，这次不能再去花他许多时间。可是信上也不能如何说，还是让丽娟自己去探听他一声吧。

我平常总是五点钟回家后就工作着的，每逢星期六、日，徐迟夫妇要出去的时候，我总感到一种无名的寂寞之感。今天又是星期日，可是吃完晚饭，天忽然下起雨来。这样，徐迟夫妇不出去了，我也能安心地工作写信了。

今天去付了房租。又把母亲的六十元封好了，准备明天去寄。

下午遇见正宇，说翁瑞吾要回上海去。现在忽然想起，给丽娟的衣料等物何不请他带去？他可以交给孙大雨，由丽娟去拿。明日去找他，托托他吧。

十八日　晴

下午带了一包要带到上海去的东西去找翁瑞吾，可是他已经出去了。便把东西留在那儿，并托正宇太太对瑞吾说一声。我想他总答应带的吧。好在东西不多，占不了多少地方。

晚间马师奶请她的三个女学生吃饭，叫沈仲章何迅和我三人做陪客。一个是姓何的，名叫 geitunde，两个姓余的，是姊妹，一叫 maguatt，一忘掉。三个人话很多，说个不停，一直说到十一点光景才走。姓何的约我们大家在下下星期日到赤柱去钓鱼野宴并游水，她在赤柱有一个游泳棚，可以消磨一整天。

十九日　晴

一吃完中饭就去找翁瑞吾，他正在午睡。醒来后，他对我说，他明天就要去上海了，东西可以代为带去，这使我放了一个心。我请他把东西放在大雨家里，让丽娟去拿。然后道谢而出，回家写信告诉丽娟。

从报馆回来的时候，在邮局中取到一封丽娟的信。那是八月十一日发的，还没有收到我的钱，可是却收到了我的日记。我之寄日记把她看，是为了她可以更充分一点地了解我，不想她反而对我生气了。早知如此，我何必让她看呢？她说她的寂寞我是从来也没有想到过，这其实是不然的。我现在哪一天不想到她，哪一个时辰不想到她。倒是她没有想到我是如何寂寞，如何悲哀。我所去的地方都是因为有事情去的，我哪里有心思玩。就是存心去解解闷也反而更引起想她。而她却不想到我。

她来信说周黎庵已经在教她读书了。这很好。我前天刚写出了给黎庵的信，不知现在报酬如何算法？丽娟信上说，书已上了几天，但她已吃不消了。她是不大有长性的，希望她这次能好好地读吧。

二十日　晴

今天是文化协会上课的日子，我还一点也没有预先预备，一直等下午报馆回来后才临时预备了一下。上课的时候，居然给我敷衍了两小时。上完了课，已九时半，肚子饿得要命，一个人到加拿大去吃了一顿西餐，一瓶啤酒。吃过饭坐三号 A，一直坐到摩星岭下车，然后一个人慢慢地踱回家来。这孤独的散步不但不能给我一点乐趣，反而使我格外苦痛。没有月亮的黑黝黝的天，使我想起了那可怕的梦，想起了许多可怕的事。我想到梁蕙在西贡给日本人杀害了（这是我第一次想起她），想到我睡在墓穴里，想到丽娟穿着染血的嫁衣。……一直到回家后才心定一点。

二十一日　晴

从报馆回来的时候，又收到了一封丽娟的信，告诉我电汇的三百元已收到了，但是水拍划的那二百元却没有提起，我想不久总会收到的吧。

她说她也赞成一月来港取钱一次的办法，但是她却很害怕旅行。她说她也许今年年底或明年年初能到香港来一次。这是多么可喜的消息啊！丽娟，我是多么盼望你到香港来。我哪里会强留你住？虽则我是多么愿意永远和你在一起，但是如果这是你所不愿意，我是一定顺你的意去做的。……这一点你难道到现在也还不明白啊？

她叫我把箱子在八月底九月初带到上海去，可是陶亢德沈仲章现在都不走，托谁带去好呢？小东西倒还可以能转辗托人，这样大的箱子别人哪里肯带呢？

二十二日　晴

下午中国旅行社打电话来，说丽娟的二年入口证已领到了，便即去拿来。

这几天真忙极了，除了天主教的耶稣传，《星座》上的长篇外，还要赶天主堂托我改的稿子，弄得一点空儿也没有，连丽娟的信也没有回，真是要命。今天的日记也只得寥寥几行了。

二十三日　雨

下午灵凤找我吃茶，拿出新总编辑给他的信来给我看。那是一封解职的信，叫他编到本月底，就不必编下去了。陈沧波来时灵凤是最起劲招待的，而且又有潘公展给他在陈沧波面前打招呼的信，想不到竟会拿他来开刀。他要我到胡好那儿去讲，我答应了，立刻就去，可是胡好不在。于是约好明天早晨和光宇一起再去找他。

今天徐迟在漫协开留声机片音乐会，并有朗诵诗。我本来就不想去，刚好马师奶来请吃夜饭，便下楼去了。客人是勃脱兰和山缪儿。谈至十一时，上楼改译稿。睡已二时。

二十四日　阴

叶灵凤昨天约我今天早晨到他家里，会同了光宇一同到报馆里去找胡好，所以我今天很早就起来，谁知到了灵凤家里，灵凤还没有起身，等他以及光宇都起来一起到报馆的时候，已经快十一点钟了。我和光宇先去找胡好。胡好在那里，说到灵凤的事的时候，胡好说陈沧波说灵凤懒，而且常常弄错，所以调他。但是胡好说，他并不是要开除他，只是调编别一栏而已。这是陈沧波和胡好不同之处。这里等到一个答复后，便去告诉灵凤，他也安心了。可是陈沧波的这种行为，却激起了馆中同事的公愤。他的目的，无非是要用私人而已。恐怕他自己也不会长久了吧。

下午很早就回来，发现抽斗被人翻过了。原来是陈松翻的。我问她找什么，她不说，只是叫我走开，让她翻过了再告诉我，我便让她去翻，因为除了梁蕙的那三封信以外，可以算作秘密的东西就没有了。我当时忽然想到，也许她收到了丽娟的信，在查那一包药吧。可是这包药早已在好几天之前丢在便桶里了。等她查完了而一无所获的时候，我盘问了她许久她才说出来，果然是奉命搜查那包药的。我对她说已经丢了，不知道她相信否？她好像是丽娟派来的监督人，好在我事无不可对人言，也没有什么对不起人的地方，随便她怎样去对丽娟说是了。

晚间灵凤请吃饭，没有几样菜，人倒请了十二个，像抢野羹饭似地吃了一顿回来。又赶校天主堂的稿子。

二十五日　雨

午饭后把校好的稿子送到天主堂去，可是出于意外地，只收到了十元的报酬，而我却是花了五个晚上工夫，真是太不值得了。下次一定不干了。

报馆里回来的时候，陈松对我说，想请我教法文。我真不知道她读了法文有什么用处，可是我也不便把这意思说出来。丽娟曾劝我要把脾气改得和气一点，所以我虽则已没有什么时间了，却终于硬着头皮答应下来，而且即日起教她。龙龙每星期要白花我三小时光景，而现在她又每天要白花我半小时，这样下去，我的时间要给人白花完了！陈松相当地笨，发音老教不好，丽娟要比她聪明得多呢。

二十六日　雨

今天感到十分地疲劳，头又胀痛得很，晚饭后写信给丽娟，并把入口证寄给她。现在，我感到剧烈的头痛，连日记也不想多写了。

二十七日　晴

今天头痛已好了一点，但是仍感疲倦。大约是这几天工作的时间太多了吧。为此之故，我上午一点事也没有做，可以得到一点休息。但是实际上这一点点的休息又有什么用呢？

徐迟回来午饭的时候带了一封秋原的信来，附着一张法文的合同。这是全增嘏的一个律师朋友托译的，说愿意出一点报酬。我想赚一点外快也好，在夜饭后就试着译。可是这东西不容易译，花了许多时间只译了一点点，而头却又痛起来，就决计不去译它，请徐迟带还秋原去。

收到大雨的信，要我代寄一封信给重庆任泰，可是信是分三封寄来的，要等三封齐了之后才可以代他寄出去。

今天又到文化协会去讲了一小时许诗歌。

二十八日　晴

中饭菜不够吃，我饭吃得很少，到报馆办公完毕，肚子饿得厉害，便一个人到美利坚去吃点心，快吃完的时候，报馆的同事贾纳夫跑到我座位上来，原来他在我后面，我起先没有看见。他便和我闲谈起叶灵凤的事来。后来，他忽然对我说，他最近有一个朋友经过香港回上海去，是丽娟的朋友，在我这次到上海去时和我见过，这次本来想来找我，可是因为时间匆促，所以没有来。这真奇怪极了！我在上海除了极熟的朋友外，简直就一个人也没有遇到过。更奇怪的是贾纳夫说这些话时候的态度，吞吞吐吐地好像有什么秘密在里面似的，好像带着一点嘲笑口吻似的。我立刻疑心到，这人也许就是姓 × 的那个家伙吧。他到内地去鬼混了一次，口称是为了她去吃苦谋自立，可是终于女人包厌了，趣味也没有了，以为家里可以原谅他仍旧给他钱用，便又回到上海去。我猜这一定是他，又不知他在贾纳夫面前夸了什么口，怎样污辱了她的名誉。我便立刻问贾纳夫这人叫什么名字，他又吞吞吐吐了半天，才说是姓梁叫月什么的（显然是临时造出来的）。我说我不认识这个人，也没有见过这个人。他强笑着说，也许你忘记了。这样说着，推说报馆里还有事，他就匆匆地走了。

这真使我生气！……我真不相信这人会真真爱过什么人。这种丑恶习惯中养成的人，这种连读书也读不好的人，这种不习上进单靠祖宗吃饭的人，他有资格爱任何女人吗？他会有诚意爱任何女人吗？他自己所招认的事就是一个明证。他可以对一个女人说，我从前过着荒唐的生活，但是那是因为我没有碰到一个爱我而我又爱她的女人，现在呢，我已找到我灵魂的寄托，我做人也要完全改变了。有经验的女人自然不会相信这种鬼话，但是老实的女人都会受了他的欺骗，心里想：这真是一个多情的人，他一切的荒唐生活都是可以原谅的，第一，因为他没有遇到一个真心爱他的人，其次，他是要改悔成为一个好人，真心地永远地爱着我，而和我过着幸福的生活了。真是多么傻的女人！她不知道这类似的话已对别的女人不知说过多少遍了！如果他那一天吃茶出来碰到的是另一个傻女人，他也就对那另一个傻女人说了！女人真是脆弱易欺的。几句温柔的话，一点虚爱的表示，一点陪买东西的耐心，几套小戏法，几元请客送礼的钱，几句对于容貌服饰的赞词，一套自我牺牲与别人不了解等的老套，一篇忏悔词，如此而已。而老实的女人就心鼓胀起来了，以为被人真心地爱着而真心地去爱他了。这一切，这就叫爱吗？这是对于“爱”这一个字的侮辱。如果这样是叫做爱，我宁可说我没有爱过。

二十九日　晴

下午到报馆去的时候，屠金曾对我说，陈沧波已带了一个编“中国与世界”栏的人来，又不要灵凤发稿了。我以为灵凤的事已结束了，谁知道还是有花样。问题是如此：要看灵凤自己意思如何，如果他可以放弃这一栏而编其他栏，那么就让开，反正胡好已答应不停他的职。如果他决定要编“中国与世界”栏呢，我们也可以硬做。于是便和馆中上海人一齐到中华阁仔去谈论这事。灵凤的主见没有一定，又想仍编这一栏，又怕闹起来位置不保。于是决定今天由他自己再和胡好去相商一次然后再作计较。

饮茶出来，在邮局中收到了丽娟十九日写的信，说水拍划的二百元已收到了。她这封信好像是在发脾气的时候写的。我不知道她为什么又生气，难道我前次信上说让朵朵到香港来，她听了不高兴了吗？她也是很爱朵朵的，她不知道朵朵在港身体可以好一点，读书问题也可以解决了吗？

三十日　晴

小丁来吃中饭。他刚从仰光回来不久，所以我约他再来吃夜饭谈谈。我叫阿四买一只鸡，又买牛肉，徐迟买酒及点心，他自己也带一样菜来。这样一凑，菜酒就不错了。他七时就来，先吃茶点，然后饮酒吃饭，谈谈说说，讲讲笑话，也是乐事，所可惜者，丽娟不在耳。饭后余兴未尽，由小丁请我们到大公司饮冰，十二时许始返。

三十一日　晴

早上睡得正好，沈仲章来唤醒了我。原来今天是何姑娘约定到赤柱去钓鱼的日子，我却早已忘记了。匆匆洗脸早餐毕，马师奶何迅已等了长久了。便一起出发到何家去。何家相当富丽堂皇，原来她是何东的侄女。到了那里，她也等了长久了。余家姊妹不在，说是直接到赤柱了，却另加了赵氏姊妹二人，都是何的表姊。一行七人到码头乘公共汽车去赤柱，何虽则已带了大批食物，沿途又还买了水果等物。到了赤柱，就到她家的游水棚，不久玛格莱特·何也来了，可是她姊姊却没有来。于是除了仲章和马师奶外，大家都下去游水。在这些人之中，我是游得最坏，而且海边石子太多，把我的脚也割破了，浸了一会儿，就独自上岸来和马师奶闲谈。等他们上来，就一同冷餐。冷餐甚丰。饭后躺在榻上小睡一会儿，又下海去游了一下，这时她们坐着小船去叫钓鱼船，叫来后，大家一齐上船。唯有何、余和何迅三人不坐船，跟着船游出去，游了一里多路。船到海中停下来，吃了点心然后钓鱼。钓鱼不用竿子，只用一根线，以虾为饵。起初我钓不着，后来却接连钓到了三条，仲章钓到了一条河豚鱼，因为有毒，弄死了丢下水去。差不多大家都钓到，一共有二十几条，各种各类都有，可惜都不大。其间我曾跳到水中去游了几分钟。那地方水深五十余尺，可是他们都是游水好手，又有船去，所以我敢跳下去，可是一跳下去就怕起来，所以不久就上来了。马师奶也跳下去的，我以为她是不会游的，哪知她游得很好。八时许才回到游水棚，天已黑了。我因为报馆要聚餐，所以不在棚中晚饭，独自先行，可是脱了九点一刻的公共汽车，而且也赶不及聚餐了（在九龙桂园），只好再回游水棚去吃饭。饭后在沙滩上星光下闲谈，余小姐老提出傻问题来问我，如写诗灵感哪里来的之类。乘末班车归，即睡。整天虚度了！

九月一日　晴

馆中遇屠金曾，说昨日叙餐未到者，除我外尚有光宇兄弟二人，大众决议，要双倍罚款。

馆中出来在邮局收到丽娟八月二十五日写的信。告诉我朵朵病已好了，胖了点，她自己也重了三磅，这使我多么高兴而安慰。她告诉我国文已不再读了，只读英文。这真太没长性了。读英文没有什么大用处，黎庵也不见得教得好，还是仍旧读国文的好。她的国文程度，从写信上看来，已有了一点进步，写字也写得好一点，有了这样的根基，再用一点功一定会大有进步的。读英文她却很少有希望，根底实在太差了。要能够看看普通的书并说几句，恐非三五年不行，她哪里会有这样的耐心呢？

二日　晴

上午写信复丽娟，并问她认不认识贾纳夫所说的那个姓梁的人。看她如何回答我吧。到邮局去寄信的时候，看见有人在用挂号信封保险寄钱到上海，便问局中人是否可寄。局中人说香港可以，上海方面不很清楚。便又去问柳存仁，存仁说，听说上海限一千五百元，到底如何不大清楚，至多退回来，不会收没的。这样，我决计将这月的钱用挂号寄去了，可以省许多汇费，明天向报馆去预支薪水吧。（昨夜梦丽娟）

三日　晴

上午从报馆中借了六十元薪金，预备凑起现在所有的一起寄给丽娟，房金用稿费付。这样就没有问题了。

下午收到了蛰存的信，他很关心我的事。他只听得我和丽娟有裂痕的话，以为她现在得到了遗产，迷恋上海繁华（如果他知道真情，他不知要作何感想呢？）。他劝我早点叫她回来，或索性放弃了。别人都这样劝我，他也如此。……我也不是不明白这种道理，但是我却爱她，我知道她在世界上是孤苦零丁，没有一个真心对她的人。对于我，对于她这两方面说，我不能让她离开我；再说，还有我们的朵朵呢？说起朵朵，我又想到了她的教育问题。今天午饭的时候，徐迟陈松商量把徐律送到圣司提反幼稚园去，我想到朵朵在上海过寂寞的生活，不能受教育，觉得很感伤……

晚饭后去文化协会讲诗歌，回来后和沈仲章陈松出去吃宵夜。

四日　晴

上午去换了六百元国币，合港币一百〇二元。回来写信给她（即穆丽娟——编者），告诉她钱明天寄出。我又向她提议，请她最好能回香港来。如果她能来，我当每月至少给她百元零用。其实，如果她能回来，我有什么不愿意给她呢？我有什么事不愿为她做呢？又收黎庵信，云或将即来香港。

张君干约我下午去游泳，便和他一同到丽池去。在那里游泳，谈心并在海里划船。出来已八时许，他请我在新世界吃饭，又请我到皇后看电影，返已十二时许。

五日　晴

上午写信给丽娟，告诉她六百元分二封保险信寄，叫她收到与否均打电报给我。可是下午到邮局去寄的时候，出乎我意外的，邮局说国币不收了，说是刚从昨天起收到上海邮局的通知才这样办的。我很懊丧，但也庆幸着，因为这金钱如果昨天寄了，丽娟是一定收不到了。就在邮局中把上午写的信上加了几句，说钱改明天寄出，寄港币百元，因为港币是可以寄的。当即将钱又换港币。

晚饭后去访亢德和林臧庐。在他们那儿坐了一时光景。亢德说月底光景回上海去，我就说想托他带箱子，可是他不大愿意，我也就不说下去了。臧庐送了我一部《战地钟声》。回来后又写信给丽娟，告诉她寄港币百元，这几天在报馆中听到上海将被封锁的消息，便在信上告诉了她，劝她早点来港，以免受难。

六日　晴

一早就去寄保险信，谁知今天是公共假期，寄不出，明天又是星期日，只得等到星期一。丽娟收到这笔钱，一定将在二十号左右了，奈何！

下午复了蛰存的信，请他多写文稿来。关于丽娟的事，我对他说我不愿多说（因为他问我详情如何），以及我相信她会回来的。

陈松法文进步了不少，只是读音读不好，照这样学下去四个月可以说法文了。龙龙甚懒，教了从（来）不读，我也不太高兴教她了。

七日　晴

报馆出来后，在拔佳门口看看皮鞋，因为我的白皮鞋已有点破，而且也将不能穿了，先看一看，将来可以买，不意陈福愉正买了皮鞋出来，便拉我去他所住的思豪酒店去闲谈。他已进了星岛，所谈无非星岛的事。出来即乘车返，可是在车上遇到灵凤一家老小，他们是到大公司去饮冰的，邀我同去，便跟着他们一同去，饮冰后即返家工作。

八日　晴

一早就到邮政局把丽娟八月份的港币一百元保险寄出，心里舒服了不少，可是她收到一定要在二十号光景了。她一定要着急好几天了。为什么要让她着急呢，想着想着，我又不安起来了。以后还是多花一点汇费电汇给她吧。

从报馆里回来的时候，在邮箱里收到丽娟的九月一日发的信。她告诉我带去的衣料已收到，可惜今年已不能穿了。她说那件衣料她很喜欢。只要她能喜欢，我心里就高兴了。她叫我买两件呢衣料，当时我就到各衣料店陈列窗去看，可是因为香港天气还热，秋天的衣料还没有陈列出来，只得空手回来。回来时徐迟夫妇已去吃马国亮双胞胎的满月酒去了，想到丽娟信上叫我吃得好一点，趁他们出去吃饭，便吩咐阿四杀了一只鸡，一个人大吃一顿。说来也可笑，这算是听丽娟的话吧。

九日　晴

上午复了丽娟的信。报馆回来之后，忽然想起，我为什么不自己出版一点书赚钱呢？我有许多存稿可以出版，例如《苏联文学史话》，例如《西班牙抗战谣曲选》都是可以卖钱的，为什么不自己来出版呢？至少，稿费是赚得出来的，或再退一步说，印刷成本总不会蚀去的。所麻烦的只是发行问题。于是吃过夜饭后，便去找盛舜商量。他现在做大众生活社的经理，发行是有办法的。他一口答应给我发行，而且说一千本是毫无问题的，便很高兴地回来。现在，问题是在一笔印刷费。可是这也不成问题，星马可以欠账印。从明天起，我该把文学史话的稿子加以整理了。

十日　晴

今天从早晨九时起，一直到晚间二时止，整天地把《苏联文学史话》用原文校译着，只有在下午到报馆里去了一次。

报馆里出来的时候，我去配了一副眼镜，因为原来的一副已不够深，而且太小了。一共是九元，付了五元定洋，后天就可以取了。

十一日　晴

上午仍旧校读《史话》，校到下午三时，校毕。到报馆去的时候，就把稿子交给印刷部排。现在，这部稿子还缺两个附录。找到时再补排就是了。

我的还有一部可卖钱的稿子《西班牙抗战谣曲选》是在刘火子那里。可是他的微光出版部现在既已不办，我便可以向他索回来了。当时我曾支过版税国币一百元，合到港币也无几，将来可以还他的。问题是在于他现在肯不肯先把稿子还我。工毕之后，我便打电话约他到中华阁仔饮茶，和他商量这件事。他居然说可以，而且答应后天把稿子还给我。

第二辑　小说

债

一抹残阳斜照在一棵梧桐树的梢头，枯叶一片一片飘落到地上，呈着惨黄的颜色，被无情的秋风吹得索索作响。离梧桐树二丈多远结着一间小小的茅舍，周围一片荒场，衰草没胫，阴凄凄的挟着一派鬼气，真个是凄凉满目的景况。忽的一片悲声抢地呼天从茅舍里迸将出来。梧桐树上停着的几只乌鸦听到这声音，也似不忍闻一般的冲天飞去。原来这茅舍的主人就是那勤劳的佃夫，已在这天清早长辞人世了。他家还有老母、妻子、儿女，老老小小都靠他做工度日，可是，这年年成不好，闹过水荒，田也没得种，终日赋闲。佃夫既没有积蓄，哪堪坐吃山空，加着他老母又害了一场病，佃夫没有法子，一壁向同村姓王的富户借了一笔债，一壁卖卖菜聊作度日之计。他死的前一天，一清早就肩着一担菜到闹市上叫卖，直到日当停午菜也卖完了，才将卖下来的钱换了些粗米，回到茅舍，吩咐他妻子烧了罐薄粥。可是粥少人多，可怜每人还吃不到一碗。他的儿女还直嚷肚子饿咧。佃夫看了煞是伤心，一声长叹，两行眼泪一滴滴扑下来，悲声说道："明天王家那笔债就要到期了。可怜我可以变钱的当的当了，卖的卖了，拿什么来还他呢？便这点点利息也无从设法。那王家是村里有名的恶大虫，不是好惹的。但看西村张二借了他家的印子钱，后来闹得家破人亡不得好结果。现在我们一家还是团聚在一块儿吃口薄粥，一到明天正不知如何咧。”他老母、妻子愁人相对，一筹莫展，只得在一旁陪眼泪。正在这时，忽的听见柴门敲得很急，还带着一种怒骂的声音喊道：“青天白日这头劳什子的门还关得恁紧，难道里面的人都死了吗？”佃夫拿他的短褂擦擦眼睛，急开门一看，慌忙赔笑道：“我道是谁？原来是王府上的大爷。是什么好风吹过来的呀？”那人把浓眉一扬两眼一瞪大声喝道：“不要绕弯儿，装糊涂了。杀人偿命欠债还钱，我问你明天的事怎么样了？”佃夫一听怔怔无语，好久才低声下气地道：“哪敢不还！无奈今年闹了水灾又闹旱荒，连牲口也卖了，实在是凑不起来，总得要大爷行个善事，在贵老爷面前好言几句，展个期头。”那人摇摇他的头，冷笑道：“都像你这般没人敢放乡账了。先关照你一声，明天有钱便罢，否则牲口没有，孩子总有的，抵在府上当书童使女去。你等着罢。”佃夫闻言唬得目瞪口呆，如雷惊鸭子似的睁眼看那人恶狠狠的去了。佃夫也不再向他人乞情求免，只是呆呆的站在门口。那无情的秋风一直的扑过来，佃夫却如泥神木偶一般动也不动。他那衣不足蔽体的孩子觉得风冷，又一齐哭起来了，这才将佃夫失掉的魂灵又惊了转来。他回头来对他的孩子深深的看了一眼，咬牙就把柴门关上了。

这天晚上，他妻子只觉得她丈夫翻来覆去的睡不着，拍拍这个儿子，抚抚那个女儿，又不时拿他那震颤的手握住他妻子的手，于是他妻子便道：“明天要赶早市的呀，早些熟睡罢。”他应了声，也便翻身睡了。到了半夜，他妻子只觉得床头索索的响，只道又是鼠子作闹，也并不介意。到了天色微明，才被一种呻吟的声音惊醒，待看她丈夫时，只见脸也青了，眼也泛白了，咬住牙齿不住地哼呼。她吃了一惊，急得怪叫起来。他年过七旬的老母也惊醒了，忙过来看，急问她儿子是怎样了。佃夫看看他的老母，又看看他的妻子儿女，不住的淌眼泪，断断续续地道：“快到王府上去请位人来，我有话对他说咧。”他妻子不知她丈夫得的什么病，又没钱去请医生，只得听她丈夫的话，一直到王家去。一息时，昨天那人已是气急败坏地赶来，还是威风赫赫的喝道：“大清早便来敲门，有甚劳什子的大事，可是叫我来还钱吗？”这时佃夫脸也变色了，指甲也青了，挣着一丝余气对那人道：“杀人偿命，欠债还钱，我欠了债不能还，只得赔了这条命。天可怜见我借这笔钱并不是浪费的，实在是做我母亲的医药费的呀！如今我还不出钱，要拿我的孩子做抵押，叫我恁生舍得！如今，我那条命还了你们，可能够看我可怜，放过了我的孩子吗？”这一番濒死的哀鸣任是那人铁石般的心肠，也觉他实是可怜，点点头悄悄的去了。佃夫一壁喘气，一壁对他老母道：“并非孩儿不孝，不能终事母亲，实在年荒世乱，孩儿活着也不能顾全母亲的衣食。如今我死了，或者有人悯我死得可怜，老小无依，把母亲送到养老堂去，孩儿也就瞑目了。”又对妻子道：“可怜你跟我苦了一世，实在委屈你了。我今不忍儿女们做奴婢，宁可我自尽，才吞了一口鼠药，中途撇下了你先去了，你能做活度日，我倒不必代你担忧，我望你侍奉母亲，提养儿女，不可为了我过于悲伤。”他妻子哭着应了。他又对孩子们道：“你父亲弃掉你们去了，这实是你父亲对你们不住。我愿你们要孝顺祖母和母亲，不要像我……”说到这里心头一阵剧痛，在板塌上滚了几滚，喊了几阵，五官流血，竟自往生净土去了。他孩子看他父亲如此，也一齐“哇”地大哭起来，一家号啕痛哭，他妻子更哭得死去活来。可怜四无邻居，只有那阵阵的秋风挟着一片秋声来凭吊他罢咧。

母爱

他的病魔正在那里和死神交战，他的病正是在最危险的地步。他的面庞瘦得全不像个人，一双颧骨凸出得很高，两只眼睛陷进得很深，嘴唇上连一丝血色都没有，可是，面上的燥火却红得厉害。他已昏昏沉沉的三天没有进食，不但是没有进食就是滴水都没有入口。在他病榻面前围满了五六个医生，有的摇头微叹，有的望着他发怔，他们已把各人平生的技术都用出来，可是总想不出怎样可战胜死神。他们都是焦思着，屋子里静得连呼吸声都觉得很大。窗外药炉上的水沸声又兀是闹个不休，越显得他的病症的危险可怕。他的母亲尤是焦急万分，噙着一包热泪，不住地望着伊爱子，轻轻地走到病榻前俯身下去瞧，伊可怜伊自己原也有病在身，可是伊为了伊爱子的病，竟把自己的病都忘了。伊已三夜不曾合眼过。眼皮肿得很高，也不知是不睡肿，还是伤心肿的。伊只有他一个爱子，伊的丈夫已在十年前故世了，只遗下这一块肉。伊守寡十年，靠着十个指头赚了钱来养他，备尝了世上的艰苦，才把他养大成人，居然使他能在社会上做点事，自食其力了。伊是极爱他的，伊的心中只有他一个爱子，所以除了伊爱子，随便什么都可牺牲。可怜伊为了他竟积劳成了个不易医治的病。但是，伊仍是照样的做去，希望他成家立业。不料他忽然病了，病症又十分危险。伊百般的服侍看护。可是他的病竟一天重一天。伊也曾天天的求神拜佛祝他病好，伊也曾拼当衣衫为他求医。伊一天到晚的望他好起来。伊竟对天立誓说，宁愿自己死了代伊的爱子受过。

他的病在最危险时，朦胧中只听得见耳际有颤动的呼吸声，又觉得头顶上有双手在那里抚摩他的头发，又觉得有人和他接了个吻，轻轻的拍拍他的身子。突然，有一滴水滴到他脸上，他微微的张开眼睛看了看，只见枕头边有个人伏着，也看不见是谁。他慢慢的伸手过去，却摸着枕头上湿了，倒有一大摊水。他觉得眼前一黑，又是昏沉沉的睡去了。

他的病总算赖天的保佑，竟战胜了死神了。他母亲知道他的病已不危险了，也安了一大半心。但是伊总还是担忧，伊急望他痊愈。伊仍是不懈地看护他，不几时他的病竟消失得无影无踪了。不过他的病魔却加到他的母亲的身上了。他母亲本来已是有病之身，再加上伊爱子的一场大病，又是担心，又是积劳，所以等伊爱子病好了不久，伊又接连的病起来。伊的病状尤是凶险万分，一天到晚竟没有一刻儿睡得着，终日的哼呼喊叫，实是危险极了。但是，伊对伊爱子却说："我的病是不妨事的，过一两天自然就好了。你病才好，不能过劳，我的病不用得你来照顾，我自己能服侍自己，不用你担心的。依我看来，医生也不必去接，这点点小病痛也值得花多钱吗？就是你自己也不必老守在家里，外面也好去游散游散。不过这几天天冷，你衣服却要多着些啊。"伊虽是病得很厉害，伊却不肯对爱子直说，免得他心忧，还要事事都管周到，真是爱子之心无微不至了。可是他呢，真是全无良心的，自己病一好也就不管他母亲的病了。总算还听他母亲的话，医生也不请，终日到晚老毛病发作，花天酒地的索性连回也不回去了。老实说，他的心中哪里有他母亲一个人。可怜他母亲的病愈积愈重，竟一病不起了。在伊临终时，伊的爱子正在那里逐色征歌，可怜伊还盼望伊儿子归来见一见面，直等到气绝了、身冷了还没有瞑目。

卖艺童子

他也是个人吗？为甚他不受世人的同等待遇呢？唉，他不过家里少了几个钱罢。他父亲原是个好好的商人，后来因为投机事业大大失败，所以，就在他五岁那年宣告破产，在他六岁那年，他父亲便将他卖给了马戏班子。从此以后他就堕落在这悲惨的世界里，永无翻身之日了。

说起来委实可怜咧。他们的老板是个残忍的人，生性暴躁，动不动就要发火、要打人。可怜他今年不过十一岁咧。他老板又要鞭他，他同伙又要欺他，终日里挨打挨骂。到晚上还须到游艺场里去耍把戏，忍着饥，耐着苦。不要说是偶然失了手闯下了祸，定然打个半死，饿他半天，就是有所痛苦也只好藏在心头，不敢现在颜面上。要是脸上稍有点不快活的样子，就派他是有意得罪看客，回来，少不得又是一顿皮鞭子。我时常见他是张着小口嘻嘻地笑着，可是我却深晓得他那浅浅的笑涡里，却含蕴着万种的痛苦悲怨呢。

我真不懂这提倡人道主义的世界，博爱还及到禽兽身上，鸡鸭倒提着就要受罚，可是他呢，他在演技的时候，倒立在地上还不算，还要他唱一支小曲，喝三杯冷水，吃一只香蕉。那时全身儿倒立着已经够受用了，何况再迫他唱小曲、灌食物下去呢！那自然有一种剧烈的痛苦，而且于他身体发育上当然又是个极大的阻碍。他现在已十一岁了，可是那小小的身子看过去总不过像七八岁，这就是个大大的证明。最可怪的就是这些看客，越是看到这惨无人道的把戏越是拼命地喝彩，好似幸人之灾，乐人之祸一般。原来呢，他们花了钱来寻快活的。不过总该存点恻隐之心啊！唉，他也是个人吗？为什么倒不如畜生呢？

我记得那天是冬季极冷的一天，呼呼的北风刮得厉害。他只着了一件夹袄，因为他班主不准他穿多，说穿得多了要把戏有妨碍的。到晚上又到游艺场里去演技了，他索索地抖着，那刀一般的风直刮得他的皮肤都裂开了。他浑身已麻木，几乎不能动弹了。他身上所受的痛苦，他心中所受的痛苦，已达到极点了。他又不敢反抗他老板的命令畏缩不前，他依旧打起精神丝毫不敢懈。他这夜演的是“爱神之舞”，他就在那琤琤琮琮的妙乐里现身在演技圈中，背上背着一对洁白的翼翅扮作爱神的模样，苹果般的面庞娇红得怪可人怜。他举首望望那场中五丈多高的木架子就有些胆寒了。这时，他老板又发下命令喊他上去。他心中恐惧极了。可是，他总不敢反抗，只得张开了一双冻得通红的小手，攀住了那根从木架子上垂下来的绳子。他老板便将绳子的那一端垂下来，他就凭空的吊了上去，达到最高的地点。他老板又发下暗示，他松了一只手攀住了前面的木杠，想腾身过去，可怜他这时一双小手被风刮得出血了，他的神经已失了知觉了，只觉得眼前忽地一黑，他支持不住了，一松手一个倒栽葱向下落下去……唉！我也不忍说下去了。

我仿佛还记得当时的看客同声喝了个倒彩。

邂　逅

斐里泊

他追上了她，接着他痴心地想：他只要在一家店面的陈列窗前站下来就是了，她会挨到他身旁来的。她毫没有举动，却继续走她的路。

于是他便决意去和她打招呼了。她像分手的最后一段时间一样地刁恶。她假装吃了一惊，说道：

“嘿，他们说你已经死了！”

这一下，他可难堪极了。如果他是已经死了的话，她也会继续生活着，就好像没有这回事一样。

她打扮得很漂亮。他说不明白她所穿着的那件大氅是一件獭皮大氅呢，还是兔子皮的或青羊皮。他连她披在背上的是哪一种衣服也不知道。他差不多有点懊悔去和她打招呼，并且立刻觉得自己在她身边是无足轻重的。他试着和她开玩笑：

“呃，呃，看你的神气好像在做什么大事业！”

“真的，你要求离婚这件事真做得好。这样一来我倒一帆风顺了。”

一时间，他像一个傻子似的在她身旁走着。他好像在跟着她，她却并不怂恿他这样做，他好像是一个刚才在路上碰到一个女人而盯住她找麻烦的男子。而当他问她“你近来怎样”的时候，她一边走路一边说：

“你是看见的，我在这里走路。”

他们便这样地走到了巴斯谛广场。在人行道中，他应该靠左面穿过去到车站上去乘他的火车。她向他指了一指左面，说道：

“我呢，我向那边走。”

在和他分手的时候，她出于礼貌地站住了。她有点矜夸地向他表示她是很有教养的。他不知道如何向她道别。她可能会去讲给别人听，说他曾经盯在她后面，说她叱退了他。一个咖啡店是在他们前面，为了要使她不能这样地夸口，他才提议道：

“如果你不太忙的话，我们倒可以进去坐一会儿。”

她笑了起来，想了一想，终于高声说道：

“我很愿意，因为这倒也很有趣。”

他们走了进去。他们面对面坐了下来。他们等侍者送上金鸡纳酒来。酒送上来了。

这时，一个奇特的事情出来了。特别是那女人，她是料想不到的。那男子立刻在他的舌头下面找到了他从前对她所用的那些字眼。当他在他的办公室中度过了下午之后，每天晚上六点钟回家去的时候，他习惯总是这样问着她和她招呼的：“那么？”这意思是说：那么当我不在的时候有什么事吗？他们有八年没有见面了。当他张开嘴来的时候，这两个字便脱口而出了：

“那么？”

平常，他是从来也不对另一个女人用这两个字眼的。

在听出了这两个熟稔的字眼的时候，她不禁微笑起来，微微点了点头。

在她呢，她也发生了一件类似的奇事。从前当他出门去的时候，她惯常总把他从头到脚地看一遍，接着便去改正他的衣饰上的毛病。如果她不去留意，他便老是马马虎虎的了。不由自主地，她的目光把他上上下下地打量了一番，接着她说道：

“我看出你还没有能够学会打你的领结。呃，你向桌子弯倒一点。我来替你打领结。”

他笑了。这倒是真的。他随随便便地带着领结。他弯身下去，她很细心地替他打好了领结。接着他便在咖啡店中的镜子里一照，于是她便又笑着说：

“是啊，这真是很奇怪。看见你衣服穿得这样马虎，就是现在也还使我不舒服。”

他们已不复感到任何窘迫的感觉了。

他把自己在这八年中的遭遇都讲给了她听，好像他从前把他在下午中所遇到的事讲给她听一样。

他在离婚之后一年又结了婚。他有两个男孩子，两个女孩子。大女孩子是六岁，第二个女孩子是五岁。他一直有着他的职业。他住在圣芒德。当他碰到她的时候，他正要到梵珊的火车站去乘火车。当他讲完了这些的时候，他便是把他的全部生涯讲出来了。他缄默了。

这总之还是奇怪的。他愈望着她，他便愈看出他是从来也没有好好地看过她。从他们结婚的时候起，他一径以为她的眼睛是青色的。自从离婚以来，当他想到她的时候，他不懂为什么他想象她是生着一双灰色的，鲜灰色的眼睛，一双美丽的眼睛。的确，人们觉得她并不愚蠢。他把他的意见告诉了她。她笑着说：

“你瞧你从来就没有了解我过。”

她对于他的一切遭遇都发生兴趣。为要得到一个更正确一点的观念起见，她问：

“那么你的太太呢，她是怎样的一个人？”

他终于这样回答她了：

“你要我对你说吗，阿丽思？一个人是只有一个太太的：那就是第一个太太。后来他又另娶了一个，无非是为了烧菜和养孩子罢了。”

在说了这几句话之后，他是多么地悲哀啊！如果她以前肯的话，他们会多么幸福啊！他提起了这番话。他说：

“啊！你从前为什么那么地欺骗我？”

在这清楚地认识她，并在他们共同生活的最后一段时期注意到她是执迷不悟，注意到她老是硬说自己有理的他看来，这真是怪事。她柔和而爽直地回答他：

“你要怎样呢？那时候我要比现在小八岁。一个人年轻的时候总有一股傻劲儿的。”

她很和蔼，正像他们初结婚的那一段时期一样。那时她的心很好，人们老可以利用她的柔软心肠控制她。他问她道：

“你没有对我说过你在这八年之中做些什么啊？”

她回答说：

“我可怜的朋友，你会不愿意我对你讲的。一个离了婚的女子能做些什么，你总很知道吧。”

于是他对她说：

“阿丽思，那使我还不难堪的，就是你并不陷于贫困之境中。”

在咖啡店的桌子的两端，他们是两个很悲哀的好朋友。她向他道歉：

“你走上前来对我说话的时候我得罪了你，这件事请你不要怀恨于我。我摆了摆架子。的确，我还是不回答你好得多。你瞧，我们都错了。现在，在互相想念起来的时候，我们都要不幸了。”

他们没有时间再多谈下去。咖啡店里的钟终于标记着七点半了。她不愿意给他做一个纠葛的主因。她说：

“我不留你了，保罗，你太太会着急了。”

他回答：

“啊！是的，那可怜的女人，如果她知道我今天晚上所想到的是什么，那么她真要更着急了。”

他们握着手，好像是两个在生活之中没有机会的可怜的同伴。

卖国童子

都　德

他名叫施丹，那小施丹。

这是一个巴黎的孩子，又瘦弱又苍白，可能有十岁，也许十五岁，这些小鬼，你是永远没有法子猜的。他的妈妈已经死啦，他的爸爸是一个退伍的海军，在党伯尔区看守一个方场。婴孩们，女仆们，带着折凳的老太太们，穷人家的母亲们，到这有人行道绕着的平坛上来避避车辆的全巴黎小人物们，都认识那位施丹老爹，又敬爱他。人们知道，在他的那片使狗和乞丐见了害怕的大髭须下面，隐藏着一片温柔的，差不多是母性的微笑，而且，要能够看见这片微笑，只消对那位老先生说："你的孩子好吗？……"那就够了。

他是那么地爱他的儿子，这施丹老爹！傍晚，当那孩子放了学来找他，两人在小径上兜着圈子，在每一张长椅前停下来和熟客招呼，回答他们的客套的时候，他是那么的快乐。

不幸围城一开始，一切都变了，施丹老爹的方场关闭了，把煤油放在里面，而这非不断看守不可的可怜人，便在荒凉而杂乱的树木丛中度着生涯，独自个，不抽烟，只有在晚间很迟的时候，在家里，才能看见他的孩子，所以，在他讲起普鲁士人的时候，你就得瞧瞧他的髭须的神气了……那小施丹，他呢，对于这新的生活倒并没有怨言。

围城！对于那些顽童是那么地有趣。不再上学去！不再温习了！整天的放假，而路上又像市集场一样……

这孩子整天在外面，一直到晚上为止，跑来跑去。他跟着那开到城边去的军队走，特别挑选那有好乐队的；在这一方面，小施丹是很在行的。他会头头是道地对你说，第六十九大队的音乐要不得，第五十五大队的却了不得。有时，他看那些流动队伍操兵；其次，还有排队买东西……

臂下挽着篮子，他混到那在没有街灯的冬天的早晨的阴影中，在肉店、面包店的栅门前，渐渐列成的长长的行列中去。那里，脚踏在水里，人们互相结识起来，谈谈政局，而且，因为他是施丹先生的儿子，每人都问问他的意见。可是最有味儿的，还是那瓶塞戏，就是那勃勒达涅的流动队在围城期中流行出来的珈洛式。当那小施丹既不在城边又不在面包店的时候，你就一定可以在水塔广场的"珈洛式"摊子上找到他。他呢，当然喽，他并不赌；赌是要很多的钱。他只在那儿睁大了眼睛看着那些赌徒罢了！

赌徒之中有一个人，一个下起注来总是五法郎的束蓝围裙的高个子特别使他佩服。这家伙，当他跑起路来的时候，你就可以听见钱在他的围裙里锵锵地响……

有一天，一个钱一直滚到小施丹脚边来，那高个子过来拾的时候，低声对他说道：

"嗯，这叫你眼红吗？……呃，要是你乐意，我可以告诉你哪儿可以弄得到。"

赌完了之后，他就把他带到广场的一隅去，撺掇他和他一起去卖报纸给普鲁士人，说走一趟有三十个法郎。施丹很生气，即时拒绝了；这一下，他接连三天没有去看赌钱。难堪的三天。他东西也吃不下去了，觉也睡不着了。在夜里，他看见许多“珈洛式”堆在他床下面，还有那滚动着的五法郎的灿亮的银币，这诱惑是太强大了。第四天，他回到水塔广场去，找到了那大个儿，让他引诱了……

他们在一个下雪的早晨动身，背上负着一个布袋。报纸藏在他们的短衫下面。当他们到了弗朗特尔门的时候，天光还没有大亮，那高个儿携着施丹的手，走到那守卒前面去——这是一个红鼻子的神气和善的好驻守兵——用一种可怜人的声音对他说道：

“好先生，让我们过去吧……我们的妈妈害着病，爸爸早死了，我跟我的小弟弟想到田里去捡一点儿土豆。”

他哭着，施丹呢，很不好意思，低倒了头。那守卒看了他们一会儿，望了一眼荒凉而白皑皑的路。

“快点过去。”他让开身子对他们说，于是他们就走到了何贝维力大路上。现在那高个儿可笑了！

糊里糊涂地，好像在梦中一样，那小施丹看见了那些改做兵营的工厂，那些挂着濡湿的破布的荒废的障碍物，那些穿过了雾耸立在空中的，斑驳的空空的高烟突。远远地，一个哨兵，一些披着大氅的军官们，用望远镜望着远处，还有是前面烧着残火的，被融雪所浸湿的小小的帐篷，那高个儿认识路，穿越田野走着，免得碰到哨站。然而，不可避免地，他们走到了一个别动队的大哨所边，沿着苏阿松铁路线，那些别动队是披着他们的短披肩在那里，蹲踞在一道浸满了水的沟中。这一次，那高个儿再说他的那一套故事也没有用，人们总不让他们过去。于是，在他哀哭的当儿，从哨所中有一个年老的排长走了出来，走到路上；他是须眉皆白满脸起皱的了，神气很像施丹老爹。

“哙！小子们，你们不要再哭了！”他对孩子们说，“让你们去吧，去捡土豆；可是，你们先进来烤一会儿火……这小子，他好像冻坏了！”

哎！这小施丹发抖，倒并不是为了冷，却是为了害怕，为了害羞……在那哨所里，他们看见有几个兵挤在一堆微弱的火的四周，用尖刀挑着面包干在火上面烘。他们挤紧来让地位给孩子们。人们给他们一点儿酒喝，一点儿咖啡，当他们喝着的时候，一个军官来到了门口，叫那个排长去，和他低声地说着话，接着就很快地走了。

“弟兄们！”那排长高兴地回进来说，“……今天晚上要有板烟了……我们已打听到了普鲁士人的口令……他妈的蒲尔惹，我相信这一趟我们可要夺回来了！”

欢呼和大笑声音爆发了出来，大家跳舞、唱歌、擦刺刀；于是，趁着这嘈杂，孩子们溜了。

过了壕堑，就只有平原，和平原深处的一长道穿着枪眼的白墙了。他们就是向这道墙走过去，走一步停一步，装做在捡土豆。

“回去吧……不要去吧。”那小施丹一径这样说着。

别一个却耸着肩，老是向前走。忽然，他们听见一种把子弹装进枪膛里去的声音。

“躺下！”那高个儿说，同时就仆倒在地上。

一仆倒在地上，他就吹口哨。另一个口哨在雪上回答他。他们匍匐着爬上去……在墙的前面，和地面相齐的地方，显出了两撇黄色的髭须来，上面是一顶肮脏的便帽。那高个儿跳进壕沟里去，在那普鲁士人旁边：

“这是我的弟弟。”他指着他的同伴说。

他是那么地小，这施丹；看见了他的时候，那普鲁士人笑了起来，不得不捧着他一直举到墙的缺口。

在墙的那一面，是高大的土垒，横倒的树木，雪里的黑洞，而在每一个洞里，那些同样肮脏的便帽，同样黄色的髭须，看见孩子们走过，就都笑了起来。

在一只角上，是一间用树干搭架着的园丁的屋子。屋子的楼下满是士兵，正在玩纸牌，正在一堆明亮的大火上烧汤，白菜啦，肥肉啦，都是那么香，和别动队的野营真有天壤之别！上面一层，是军官们。你可以听见他们在弹钢琴，在开香槟酒。当这两个巴黎人进去的时候，一片欢呼声接待着他们；接着人们就斟酒给他们喝，叫他们说话。这些军官的神气都是骄傲而刁恶，可是那高个儿的市井的活泼态度，他的流氓的切口，却使他们感到兴趣。他们笑着，把他所说的话再说一遍，快乐地在这人们带来的巴黎的泥污中打着滚。

那小施丹也很想说几句话，想证明他并不是一个傻瓜，可是却有点什么东西妨碍着他。在他的前面，远远地站着一个普鲁士人，比别人年纪更老一点，更严肃一点，正在那儿看书，或不如说假装看书，因为他的眼睛盯住他看。这目光中包含着温情和指责，好像这个人在国内也有着一个年纪和施丹一样大小的孩子，而这个人一定会对自己说：

“我宁可死掉，而不愿意看见我的儿子干这种勾当……”

从这个时候起，施丹就感觉到好像有一只手按在他的心上，妨碍他的心跳跃了。

为要避免这种苦痛，他喝起酒来，不久，他觉得眼前什么都转动起来了。在大笑声中，他模糊地听到他的同伴嘲笑那些国防军，笑他们操兵的神气，模仿着马莱的一次械斗，城边的一次夜警。接着那高个儿放低了声音，那些军官们走近过去，面色也变成严肃了。这无耻的人正在那儿通报他们别动队的袭击……

这一下，那小施丹愤怒地站了起来，酒也醒了：

“这个不可以，高个儿……我不愿意。”

可是那高个儿只笑了笑，照旧说下去。在他快要说完的时候，军官都站了起来。其中有一个对孩子们指着那扇门：

“滚出去！”他对他们说。

于是他们就很快地用德文谈起来。那高个儿走了出去，高傲得像一位大统领似的，一边玩弄着他的钱，锵锵作声。施丹低倒了头跟在他后面；而当他们走过那个目光使他不安的普鲁士人旁边的时候，他听到了一种凄切的声音说：“布豪，这个……布豪！”

他的眼泪涌到眼睛上来了。

一到了平原，孩子们就奔跑起来，赶快地回去。布袋里是装满普鲁士人给他们的土豆；有了这个，他们就毫不困难地通过了别动队的壕沟。人们在那儿作夜袭的准备了。队伍静悄悄地开来，聚集在墙后面，那年老的排长是在那儿，忙着安排他的弟兄们，神气很高兴。当孩子们走过的时候，他认出了他们，向他们和蔼地微笑着……

哦！这微笑多使小施丹难过！有一个时候，他真想大声喊：

“不要到那边去……我们已卖了你们。”

可是那别一个已向他说过："要是你说出来，我们就要给人枪毙的。"于是这种害怕就止住了他……

到了古尔纳夫，他们走到一所荒废的屋子里去分钱。真是使我不得不说，分配倒是公正的；而听到这些美丽的银币在他的衣服里锵锵地响着，想到那他不久可以加入的"珈洛式"赌局，小施丹就不再觉得他的罪恶是那么沉重了。

可是，当只剩他一个人的时候，这不幸的孩子！当过了城门那高个儿和他分了手之后，那时他的衣袋就渐渐地格外沉重起来。而那只抓着他的心的手，也抓得比什么时候都紧了。他觉得巴黎已不是像以前那样了。过路的人们严酷地望着他，好像他们已经知道他是从那里来的"奸细"。这两个字，他从车轮的声音，从那在河沿上操练着的擂鼓的声音中听了出来。他终于到了自己家里，一边庆幸着看见他父亲还没有回来，一边急忙走到他们的房里去，把这些他觉得那么沉重的银币，藏在自己的枕头下面。

这天晚上回来的时候，施丹老爹是特别地和善，特别地高兴。人们接到了下省的通知：国事已有了转机。这退伍的兵一边吃夜饭，一边望着他的挂在墙上的枪，又带着一片和善的微笑对那孩子说：

"嗯，孩子，要是你长大了，你就可以去打普鲁士人了！"

在八点钟光景，炮声就听得见了。

"这是在何贝维力……蒲尔惹在那儿打了。"那老先生说，"他是什么炮台都知道的。"小施丹脸儿发白了，假托说很累，他就去睡觉，可是睡不着，炮不断地开着，他想象中看见那些别动队趁黑夜去袭击普鲁士人，可是自己中了埋伏。他回想起那个向他微笑的排长，仿佛看见他直躺在那里，在雪里，而且还有不知道多少人跟他一样……这些赤血的代价却藏在那里，在他的枕头下面，而且这是他，施丹先生的儿子，一位兵士的儿子……眼泪使他不能喘气了。在隔壁房间里，他听见他的父亲在踱步子，在开窗。下面，在广场上，号声响着，一个别动大队在点号，预备出发了。一定的，这是一场真正的大战。这不幸的孩子不禁呜咽出声了。

“你怎么啦？”施丹老爹走进去的时候说。

孩子忍不住了，从床上跳下来，倒在他父亲的脚跟前，他这样一动，银币就滚到地上来了。

“这是什么？你偷了别人的钱？”那老头子发着抖说。

于是，这小施丹就把他到普鲁士人那儿去过，以及他在那里做了什么，等等，都一口气讲了出来。他说着的时候，他渐渐觉得自己的心舒畅起来，忏悔使他轻松……那施丹老爹听着，脸色非常可怕，讲完的时候，他用手捧着头，哭了。

“爸爸……爸爸……”那孩子想说。

那老头子一句也不回答，把他推开去，又拾起了银币。

“全在这儿吗？”他问。

小施丹点头表示全在那儿了。那老头子取下了他的枪，他的子弹囊，一边把钱放到袋子里去：

“好吧，”他说，“我去还给他们。”

于是，也不再多说一句，连头也不回一回，他下楼去加入了那在黑夜里开拔的流动队，从此以后，人们永远没有看见他回来。

最后一课

——一个阿尔萨斯孩子的故事

都　德

那一天早晨，我到学校去得很迟，很怕受责罚，特别是阿麦尔先生已经对我们说过，要问我们分词规则，而我却连头一个字也不知道。一时我起了一个念头，想不去上课了，却到野地上去乱跑一阵子。

天气是那么热，那么明亮。

你可以听见山鸟儿在树林边上叫，普鲁士人在锯木场后面的那片里拜尔草场上操兵。这些都引诱着我，比分词规则还厉害得多；可是我竟然有抵抗的力量，就飞快地跑到学校里去。

经过县政府的时候，我看见有许多人站在那块小小的告示牌旁边。两年以来，我们的坏消息：什么打败仗啦，征发啦，司令部的命令啦，全是从那儿来的；于是我一边走一边心里想：

“还有什么事情呢？”

我跑着穿过广场去的时候，那个带着学徒正在那儿念告示的铁匠华希德，对我嚷着说：

“别那么忙，孩子，你到你的学堂里去有的是时候哪！”

我想他是在嘲笑我，于是乎我就上气不接下气地走进了阿麦尔先生的小院子。

平常，在刚上课的时候，总是嗓闹得不可开交，就连路上也听得到，书桌板翻开闭上啦，为了可以读得好一点闷住耳朵一起高声背书啦，还有是老师用那方厚戒尺拍着桌子说：

"静一点儿！"

我打算趁着这情形不让人看见溜到我的位子上去；可是偏偏这一天什么都是静悄悄的，就好像礼拜天的早晨一样。我从开着的窗口望见我的同学们已经坐好在他们的座位上，又望见阿麦尔先生手臂里挟着那方可怕的铁尺，在那儿踱来踱去，我不得不在这样的沉静之中开了门走进去。你想吧，我是多么害臊，又多么害怕。

呃，不。阿麦尔先生望着我并不生气，他很和气地对我说：

"快点坐到你的座位上去，我的小法朗兹；我们正要不等你来就上课了。"

我跨上凳子，立刻就坐在我的书桌前面。那个时候，惊心稍稍定了下来，我才看出我们的老师已穿上了他的绿色的漂亮的礼服，他的绉裥细布衬衫，和他的绣花黑缎子的小帽子，这都是他只在视学和给奖的日子才穿戴的。再说，整个课堂都有一种异乎寻常和庄严的神气。可是最叫我吃惊的，就是看见在课堂的尽头，在那些平时空着的位子上，坐着一些村子里的人，像我们一样地静，有戴着三角帽的老何赛，卸任的县长，歇差的邮差，还有一些别的人。这些人的样子全都好像在发愁；那老何赛带来了一本老旧的初级读本，书边都破了，拿着摊开在脚膝上，用他的大眼睛在书页上照来照去。

正当我对于这一切吃惊的时候，阿麦尔先生已走上讲坛，用着那跟刚才招呼我一样和气的声音，对我们说：

“孩子们，这是我末了一次给你们上课。柏林来了命令，说此后在阿尔萨斯和洛兰两省的小学里，就只准教德文……新的教师明天就到了。今天是你们最后的法文课。请你们特别用心一点。”

这几句话使我神魂颠倒了。啊！那些坏蛋，这就是他们在县政府布告出来的。

我的最后的法文课。

而我却连写也不大会写呢！这样我可永远不能学习啦！这样我可就不会有进步啦！我现在是多么懊悔白丢了时间，旷课，去寻鸟巢，去到沙尔河上溜冰！刚才我还觉得那么讨厌，那么沉重的我的那些书，我的文法，我的历史，现在就好像是我的老朋友，舍不得分手了。阿麦尔先生也是那样。想到他要走了，我不能再看见他了，就使我忘记了他的责罚，戒尺。

可怜的人！

是为了这最后的一课，他才穿上了他在假日穿的漂亮衣服，而现在，我也懂得村子上的那些老头子为什么坐到课堂的后面来了。这好像是说，他们懊悔没有常常来，到这学校里来。这也是表示感谢我们这位老师四十年来克尽厥职，表示向“那失去的祖国”尽他们的本分的一种态度……

我正在那儿想着的时候，忽然听到叫我的名字。现在是轮到我背书了。我是多么愿意出不论怎样的代价，让我可以把这整篇分词规则，高声地，清楚地，没有一个错误地，一口气背出来；可是我一开头就打疙瘩了，我站在那儿，尽在我的凳子摇摆着，心儿膨胀着，头也不敢抬起来。我听见阿麦尔在对我说：

“我不来责罚你，我的小法朗兹，你也责罚受得够了……弄到现在这个样子。每天，总是这样对自己说：嘿！我有的是时候，我明天可以念的。接着你就碰到了这种情形……啊！这真是我们阿尔萨斯省的大不幸，老是把教育推到明天去。现在，那些人就有权对我们说：怎么！你们自以为是法国人，而你们既不会念你们的国文，又不会写！……在这一方面，我的可怜的法朗兹，罪最重的还不是你。我们大家都应该有责备自己的份儿。”

“你们的父母并不怎样一定要你们受教育。他们宁可派你们去种地，或者送你们到纱厂里去。可以多赚一点钱。就是我自己，难道我一点没有可以责备的地方吗？我可不是常常因为叫你们去灌溉我的花园，而不给你们上课吗？而当我想去钓鱼的时候，我可不是老实不客气就给你们放了假吗？……”

于是，一件一件地，阿麦尔先生就开始对我们说起法文来，说这是世界上最美的语言，最明白，最坚实的：应该在我们之间把它保留着，因为，当一个民族堕为奴隶的时候，只要不放松他的语言，那么就像把他的囚牢的锁匙拿在手里一样……接着他就拿起一本法文书来念我们的功课。我真惊奇怎么我都那么懂得。他所说的话，我都觉得很容易，很容易。我也想，我从来也没有那么好好地听过，他也从来没有费那么大的耐心讲解过。你竟可以说，这个可怜的人在临去之前，想要把他全部的学问都给了我们，把他的全部学问一下子塞进我们的头脑里去。

上完课，就是习字了。为了这一天，阿麦尔先生替我们预备好了崭新的习字范本，在范本上，是用漂亮的楷书写着：“法兰西，阿尔萨斯，法兰西，阿尔萨斯。”这好像是一些小小的旗帜，挂在我们的书桌的木干上，在整个教室中飘荡着，人们就只听见笔尖儿在纸上的沙沙声。一个时候，金甲虫飞了进来，可是一个人也没有注意它们。就连那些最小的也都在用心画他们的直杠子，那么全心全意地，好像这还是法文似的……在学校的屋顶上，鸽子低声地啭着，于是我听见它们的时候，心中暗想：

“难道人家要叫它们也用德文唱吗？”

不时地，当我从我的纸页上抬起眼睛来的时候，我看到阿麦尔先生不动地站在他的讲坛上，定睛注意着他四周的物件，好像他要把他的这整个小小的学校，全装进他的目光中去似的……你想想！四十年以来，他总是在那同一个地方，面前是他的院子和他的完全不变的课堂。只是那些凳子、书桌，是因为用得长久而磨得很光滑了；院子里的胡桃树已经长大了，而那他自己亲手种的蛇麻子，现在也在窗上盘结着，一直盘结到屋顶了。对于这个可怜人，这是多么伤心的事：离开这一切东西，听见他的妹妹在楼上房间里来来往往地走着，正在关他们的大箱子！因为他们明天就要动身，永远地离开此地了。

然后他居然还有勇气给我们上课一直上完。习字以后，我们就上历史课；再以后，小学生们就一齐唱起 BA, BE, BI, BO, BU来。在课堂的尽头，那年老的何赛已经戴上了他的眼镜，双手捧着他的初级课本，他正在和他们一起练拼音。你看得出他也在那儿用功；他的声音因为感情冲动而颤抖着，听起来是那么滑稽，使我们大家都又想笑又想哭了。啊，这最后的一课，我是不会忘记的……

忽然，教堂里的钟报午时了，接着，祷钟鸣了。同时，那些操兵回来的普鲁士人的喇叭，也在我们窗下响起来……阿麦尔先生站了起来，脸色完全发白了，立在他的讲坛上。我从来也没有觉得他像今天那样高大过。

“我的朋友们，”他说，“我的朋友们，我……我……”

可是有什么东西使他不能发声了。他不能够说完他的话。

于是他就转身向着黑板，取了一支粉笔，用尽了他的全力，尽可能大地写着：

“法兰西万岁！”

接着他耽在那儿，把头靠在墙上，一句话也不说，向我们做了一个手势，意思说：

“完啦！你们去吧。”

提莫尼

伊巴涅斯

一

在伐朗西亚的整个平原上，从古莱拉到刹公特，没有一个村庄上的人不认识他。

他的风笛声一起，孩子们便连蹦带跳地跑过来，妇女们高兴地你喊着我，我喊着你，男子们也离开了酒店。

于是他便鼓起双颊，眼睛漠然地瞪视着天空，在以偶像般的漠不关心的态度来接受的喝彩声中，毫不放松地吹将起来。他的那支完全裂开了的旧风笛，也和他一起分享大众的赞赏：这支风笛只要不滚落在草堆中或小酒店的桌子底下，人们便看见它老是在他的腋下，就像老天爷在过度的音乐癖中给他多创造了一个新的肢体。

妇女们起先嘲笑着这无赖汉，最后觉得他是美好的了。高大，强壮，圆圆的头颅，高高的额角，短短的头发，骄傲地弯曲着的鼻子，使人看了他的平静而又庄严的脸，不由得会想起古罗马的贵族来：当然不是在风俗纯朴时代的，像斯巴达人一样地生活着，还在马尔斯竞技场上锻炼体格的罗马贵族，而是那些衰颓时期的，由于狂饮大嚼而损坏了种族遗传的美点的罗马贵族。

提莫尼是一个酒徒：他的惊人的天才是很出名的（因此他得到了“提莫尼”这个绰号），可是他的可怕的酗酒却更加出名。

他在一切喜庆场合中都是有份儿的。人们老是看见他静悄悄地来到，昂着头，将风笛挟在腋下，后面跟着一个小鼓手——一个从路上拾来的顽童——他的后脑上的头发已经光秃秃了，因为只要他打鼓稍微打错一点，提莫尼就毫不留情地拔他的头发。等到这个顽童厌倦了这种生活而离开他的师傅，他已经跟他的师傅一样变成了一个酒徒。

提莫尼当然是省里最好的风笛手，可是他一踏进村庄，你就得看守着他，用木棒去威吓他，非等迎神赛会结束不准他进酒店去；或者，假如你拗不过他，你便跟着他，这样可以制止他每次伸出手来抢那尖嘴小酒壶倾壶而饮的手臂。这一切的预防往往是无效的；因为事情不止一次了，当提莫尼在教会的旗帜之前挺身严肃地走着的时候，他会在小酒店的橄榄树枝前突然吹起《皇家进行曲》来，冲破了主保圣人的像回寺院时的悲哀的De Profundis，来引坏那些信徒。

这个改变不好的流浪人的自由散漫作风却很得人们的欢心。一大群儿童翻着筋斗拥在他周围。那些老孩子取笑他在总司铎的十字架前行走时的那副神气；他们远远地拿一杯酒给他看，他总用一种狡猾的shan眼来回答这种盛情，这种shan眼似乎在说：留着“等会儿”来喝。

这“等会儿”在提莫尼是一个好时光，因为那时赛会已经完毕，他已从一切监视中解放出来，最后可以享受他的自由了。他大模大样地坐在酒店里，在漆成暗红颜色的小桶边，在铅皮桌子间。他快乐地闻嗅着在柜台上很脏的木棚后面放着的油，大蒜，鳘鱼，油煎沙丁鱼的香味，贪馋地看着挂在梁上的一串串的香肠，一串串停着苍蝇的熏过的腊肠，还有灌肠和那些洒着粗红胡椒粉的火腿。

酒店女主人对于一个有那样多的赞赏者跟着他，使她斟酒都忙不过来的主顾是十分欢迎的。一股很浓的粗羊毛和汗水的气味散布在空气中，而且在冒着黑烟的煤油灯的光线里，人们可以看见有很大的一大堆人：有的坐在矮凳上，有的蹲在地上，用有力的手掌托着他们的似乎要笑脱了骱的大下巴。

大众的目光都盯在提莫尼的身上："老婆子！吹个老婆子！"于是他便用风笛模仿起两个老妇人的带着鼻音的对话来；他吹得那么滑稽，使得笑声不绝地震动着墙壁，把邻院的马也惊得嘶鸣起来，凑合这一场喧闹。

人们随后要求他模仿"醉女"，那个从这村走到那村，出卖手帕，而将她的收入都花在烧酒上的"一无所有"的女子，最有趣的乃是她逢场必到，而且第一个爆发出笑来的也总是她。

滑稽节目完毕以后，提莫尼便在他的沉默而惊服的群众面前任意地吹弄，模仿着瓦雀的啁啾声，微风下麦子的低语声，遥远的钟鸣声，以及他前一夜酒醉之后不知怎样竟睡在旷野里，当下午醒来时，一切打动他的想象力的声音。

这个天才的流浪人是一个沉默的人，他从来不谈起他自己。人们只有从大众的传闻中知道他是倍尼各法尔人，他在那儿有一所破屋子，因为连四个铜子的价钱都没有人肯出，他还将那所破屋子保留着没卖掉；人们还知道他在几年中喝完了他母亲的遗产：两条驴子，一辆货车和六块地。工作呢？完全用不着！在有风笛的日子里，他是永不会缺少面包的！当赛会完毕，吹过乐器又喝了一个通夜后，他便像一堆烂泥似的倒在酒店角落里，或是在田野中的一堆干草上，他睡得像一个王子一样，而且他的无赖的小鼓手，也喝得像他一样地醉，像一头好狗似的睡在他脚边。

二

从来没有人知道那遇合是怎样发生的，但是可以肯定的是的确有这么回事。一个晚上，这两个漂泊在酒精的烟雾中的星宿，提莫尼和那醉女遇到一块了……

他们的酒徒的友情最后变成了爱情，于是他们便将自己的幸福藏到倍尼各法尔那座破旧的屋子里去；那里他们在夜间贴地而卧，他们从长着野草的屋顶的破洞中窥望着星星在狡猾地眨眼。大风雨的夜间，他们不得不逃避了，像在旷野上似的，他们给雨从这个房间赶到那个房间，最后才在牲口棚里找到一个小小的角落，在尘埃和蛛网之间，产生了他们的爱情的春天。

从儿童时代起，提莫尼只爱酒和他的风笛；忽然到了二十八岁的时候，他失去了没有感觉的酒徒所特有的操守，在那醉女，在那个可怕而肮脏的，虽然被燃烧着她的酒精弄得又干又黑，却像一条紧张的琴弦般地热情而颤动的丑妇人的怀中，尝到了从前没有尝过的乐趣！他们从此不离开了；在大路上，他们也纯朴地像狗一样公然互相抚爱着；而且有好多次，他们到举行赛会的村庄去的时候，他们逃到田野里，恰巧在那紧要关头，被几个车夫所瞥见而围绕着他们狂呼大笑起来。酒和爱情养胖了提莫尼，他吃得饱饱的，穿得暖暖的，干净而满意地在那醉女的身边走着。可是她呢，却越来越干，越来越黑了，一心只想着服侍他，到处伴着他。人们甚至看见她在迎神赛会的行列前也在他的身边；她不怕冷言冷语，她向着所有的妇女射出敌对的眼光。

有一天，在一个迎神赛会中，人们看见醉女的肚子大了，他们不禁笑倒了。提莫尼凯旋似的走着，昂着头，风笛高高矗起，像一个极大的鼻子；在他的身边，顽童打着鼓，在另一边，醉女得意洋洋地腆着肚子蹒跚着，她那很大的肚子就像第二面小鼓；大肚子的重量使她行走缓慢，还使她步履踉跄，而且她的裙子也不敬地往前翘了起来，露出了她那双旧鞋子里摆动着的肿胀的脚，和两条漆黑、干瘦而又肮脏的腿，正像一副打动着的鼓槌。

这是一件丑事，一件渎神的事！……村庄里的教士劝告这位音乐家道：

“可是，大魔鬼，既然这个女流氓甚至在迎神赛会中也固执着要跟你一起走，你们至少也得结个婚吧。我们可以负责供给你必要的证书。”

他嘴里老是说着“是”，可是心里却给它个置之不理。结婚！那才滑稽呢！大伙儿见了可要笑坏了！不行，还是维持老样子吧。

随他怎样顽固，人们总不把他从赛会中除名，因为他是本地最好的，又是取价最低廉的风笛手；可是人们却剥夺了他的一切与职业有关的光荣：人家不准他再在教堂执事的桌上进食了，也不准他再领圣体，还禁止他们这一对邪教的男女走进教堂。

三

醉女没有做成母亲。人们得从她的发烧的肚子里把婴儿一块块地取出来；随后那可怜的不幸者便在提莫尼的惊恐的眼前死去。他看着她既没有痛苦，也没有痉挛地死去，不知道自己的伴侣是永远地去了呢或者只是刚睡着了，如同空酒瓶滚在她脚边的时候一样。

这件事情传了出去。倍尼各法尔的那些好管闲事的妇女都聚集在那所破屋门前，远远地观望那躺在穷人的棺材里的醉女和那在她旁边的，蹲在地上号哭着，像一头沉郁的牛似的低倒了头的提莫尼。

村庄上任何人都不屑进去。在死人的家里只看见六个提莫尼的朋友——衣服褴褛的乞丐，像他一样的酒鬼，还有那个倍尼各法尔的掘墓工人。

他们守着死人过夜，每隔两点钟轮流着去敲酒店的门，盛满一个很大的酒器。当阳光从屋顶的裂缝照进来的时候，他们一齐在死人的周围醒了过来，大家都直挺在地上，正像他们在礼拜日的夜间从酒店出来倒卧在草堆上的时候一样。

大家一齐恸哭着。想想看，那个可怜的女子在穷人的棺材中平静得好像睡熟了一般，再不能起来要求她自己的一份儿了吧！哦，生命是多么不值钱啊！这也就是我们大家的下场啊。他们哭得那么长久，甚至在他们伴着死者到墓地去的时候，他们的悲哀和醉意都还没有消失。

全村的人都来远远地参加这个葬仪。有些人瞧着这么滑稽的场面而狂笑。提莫尼的朋友们肩上扛了棺材走着，耸呀耸的使那木盒子狂暴地摆动得像一只折了桅杆的破船。提莫尼跟在后面走着，腋下挟着他那离不开的乐器，看他的神色老是像一条因为头上刚受到了狠狠的一击，而快要死去的牛。

那些顽童在棺材的周围叫呀跳呀，仿佛这是一个节日似的；有些人在暗笑，断定那养孩子的故事是个笑话，而醉女之死也只是为了烧酒喝得太多的缘故。

提莫尼的大滴的眼泪也使人发笑。啊！这个该死的流氓！他隔夜的酒意还没有消失，而他的眼泪也无非是从他眼睛里流出来的酒……

人们看见他从墓地回来（为了可怜他，才准他在那里埋葬这“女流氓”），然后陪他的朋友们和掘墓工人一道走进酒店去……

从此以后提莫尼不再是从前的那个人了：他变得消瘦、褴褛、污秽，又渐渐地给烧酒淘坏了身子……

永别了，那些光荣的行旅，酒店中的凯旋，广场上的良夜幽情曲，迎神赛会中的激昂的音乐！他不愿再走出倍尼各法尔，或是在赛会中吹笛了；最后连他的鼓手也给打发走啦，因为一看见他就有气。

也许在他的凄郁的梦中，看见那个怀孕的醉女的时候，他曾经想到以后会有一个生着无赖汉的头脑的顽童，一个小提莫尼，打着一面小鼓，合着他风琴的颤动的音阶吧？……可是现在，只剩下他一个人了！他认识过爱情而重又坠入了一个更坏的境遇；他认识过幸福而又认识了失望：这是他在未认识醉女前所不知道的两样东西。

在有日光照耀的时候，他像一只猫头鹰似的躲在家里。在暮色降临时，他像小偷似的溜出村庄，从一个墙缺口溜进墓地，当那些迟归的农夫荷着锄头回家的时候，他们听到一缕微细、温柔而又缠绵的音乐，这缕音乐似乎是从坟墓里出来的。

"提莫尼，是你吗……"

这位音乐家听到那些以向他问讯来消除自己的恐怖的迷信者的喊声后，便默不作声了。

过后，等到脚步走远而夜的沉寂又重来统治的时候，音乐又响了，悲哀得好像一阵惨哭，好像一个孩子的呜咽，在呼唤他的永远不会回来的母亲的时候那样……

女罪犯

伊巴涅斯

拉斐尔在那狭隘的牢房里已经关了有十四个月了。

他的世界便是那四堵白得像骨骼一样的墙——这些使人悲哀的墙，他连上面的裂缝都记熟了。他的太阳呢，就是那扇高高的天窗，而窗上的铁栅又把那一块青天切开了。他的牢房有八尺长，他占据的地方却还不到一半，都为了这该诅咒的，老是华啷华啷响的铁链；它的铁环一直嵌进了他的脚骨，而且几乎跟他的肉互相结合在一起了……

他已被判了死刑。当他们在马德里最后一次翻阅他的案子的时候，他在那里好像被活埋似的度过了几个月，不耐烦地等待着绞架的绳索一下子把他从苦痛中解放出来的那个时刻。

最使他气愤的，是地面和墙上的干净，地面每天都要打扫，而且还要用水清洗，无疑地是要使潮气渗过草席，再一直钻进他的骨头里去；墙上不让留一点灰尘……他们甚至把囚犯的肮脏的伴侣都给夺去了。他简直是孤独寂寞到了极点……假如能有几只老鼠进来，他准会因为和它们分食他那少得可怜的口粮而得到安慰，他准会对它们讲话，像对那些善良的伙伴讲话一样；要是他能在屋角里遇见一只蜘蛛，他准会喂养它来消磨时间。

他们不愿意在这个坟墓里除他之外再有第二个生物。有一天，一只瓦雀在铁栅前出现了，那副神情像一个顽皮的孩子。这光明和天空的流浪者在啁啾着，好像表示它看见了在它下面的、那个可怜的生物的诧异，那个可怜的生物又黄，又憔悴，在大热天还冷得不住打着哆嗦，头上包着好几层头巾，在鬓角上打着结，有一件破大衣卷到腰上。这张瘦得骨头都突出来的，惨白的，而且白得像混凝土一样的脸，一定是把它吓着了，它摇动着羽毛飞去了，好像在逃避那从铁栅里透出来的坟墓和烂羊毛的臭味一样。

那惟一的把生命重新唤起的声音，就是别的犯人在院子里散步的时候所发出来的声音。那些犯人至少还能看见自己头上的自由的天空。他们不光是从一个小墙洞呼吸空气；他们的腿是自由的，他们还可以随便谈话。就是在牢狱里不幸也有等级的。拉斐尔明白人类是永远不能满足的。他羡慕那些在院子里走来走去的人，他以为他们的地位是最值得羡慕的；而那些人呢，他们却又羡慕那些在外面的，享受着自由的人；而那些过路人呢，也许对自己的命运也觉得不满足，又奢望着，谁知道是奢望着什么呢？……那么自由竟有这样的好啊！……他们真应该来做做囚犯。

拉斐尔要多么不幸有多么不幸。在绝望中，他曾经企图挖一条地道逃掉，而现在对他的监视紧起来了，一刻也不放松，叫他真受不了。他曾经想用单调的声音来唱他从母亲那里学来的现在只记得几句的颂歌。他们却叫他闭嘴。难道他是想要人家把他当做疯子吗？喂，不准响！他们要把他看守得完全没有缺点，肉体上和灵魂上都够健康，使刽子手不至于会来收拾一个有病的人。

疯子！他可不愿意做疯子！可是，监禁，不能移动，再加上又不够又很坏的口粮，把他给制服了。十四个月来他对按规定必须要点的灯火还不能够习惯，他合上眼睛，在灯光的搅扰下，他常常会有幻觉；有一种狂妄的思想时常在折磨他：他以为他的仇敌们，还有那些要弄死他的不相识的人已把他的胃给倒了过来；这种使他受不了的阵阵的剧痛便是因此而起的。

白天里，他不停地回想着他的过去。可是他的记忆很乱，乱得使他以为在想别一个人的历史。

他想起了在头一次因为开枪伤人而关到监狱里以后，他重新回到那小村庄的故乡，他想到他在那儿的名声，村上酒店里的对他一举一动都很赞赏的许多主顾："这个拉斐尔，多么野啊！"村庄上最美丽的姑娘决定做他的妻子，因为她怕他还甚于爱他；市参议员们奉承他，委他做乡村警察，又鼓舞起他的粗野劲头，使他手里拿着枪在选举中为他们卖力。他在整个村里横行霸道；他使"其余的人"，被打败的那一派的人害怕；可是，到后来那些人对他也并不怎样害怕了，他们拉拢了一个爱说大话的人，这人也是从牢狱里回来的，他们把他安排在拉斐尔的对面。

他妈的！职务的尊严成问题了，应该教训教训这个夺他面包的人。他等候着，终于用枪弹重伤了他，又用枪柄把他打死，免得他叫喊和颤动。后来……这些事情给人知道了！……结果是：监狱，在那儿他又遇到他的旧伙伴；随后是审问；从前那些怕他的人都来告发他，报复他们过去给他弄得提心吊胆的仇恨。最后那可怕的判决书到了，接着是他度这可诅咒的十四个月的监禁，老等着应该从马德里来的"死神"，可是无疑的这"死神"一定是坐马车来的，它来得这样慢！

拉斐尔并不是没有勇气。他想起了约翰·保尔德拉，想起了叫“勇士”的法朗西思哥·艾斯带彭，想起那些英武的骑士，有许多故事诗都是歌颂他们的崇高的事迹；他们时常使他兴奋，他觉得自己也够得上像他们一样地从容就死。

可是有几个夜里，他好像被一种隐藏着的弹力牵动似地惊醒了，他的铁链便发出凄凉的叮当声来。他像孩子般地呼喊着，随后立刻又懊悔自己的懦怯，想止住自己的呻吟，可是又办不到。在他身上呼喊的是“另外一个人”，一个害怕而且想哭的不相识者。他喝了六杯在监狱里叫做咖啡的，辛烈的稻子豆和无花果的汁，然后才平静下去。

从前那个盼望着死的，等待着快些结束生命的拉斐尔，现在只剩下一个躯壳了。在这个坟墓里长成的新的拉斐尔，却满怀恐惧地想着十四个月已经过去了，想着死不可避免地走近来了。他情愿安心地忍耐着再过十四个月这种可怜的生活了。

他害怕；他觉得那剥夺他生命的时刻接近了，他到处看见它：在那些出现在牢门边的好奇的脸上，在神父的来临上。神父现在每天下午都来看望他，就像这间臭气熏人的牢房是一个最适于谈话和吸烟的地方似的。不好啊，不好的预兆啊!

探访者的问题是最使人不安的了。拉斐尔是一个好基督徒吗？“是的，我的神父。”他尊敬教士，而且他还从来没有缺少过对于他们应有的供奉。人们对他的家属也没有可以指责的地方；他家里的人都曾经到山上去保卫合法的国王，因为那村庄上的教士曾经这样地命令过。而且为了证实他的虔诚，他从遮住他胸膛的破衣裳里面掏出一个肮脏的小包，里面包着布做的护身符和奖章。

随后神父跟他谈到耶稣。耶稣尽管是上帝的儿子，他当时所处的环境是跟他今天所处的环境一样。这个譬喻叫这个可怜的人高兴了。多么光荣啊！……可是，虽然受着这一类命运相似的话的阿谀，他总还希望这种命运能够实现得越慢越好。

那可怕的，像晴天霹雳一般震出来的消息的日子来到了。在马德里的一切事都结束了。“死神”到了，可是这一次是以最快的速度来到的，是由电报传达过来的。

当一个职员对他说，他的妻子带了在他下狱期中生产的女孩在监狱周围徘徊着，请求和他见面的时候，他不再怀疑了。她既然离开了村庄到这儿来，那么“这件事”一定就在目前了。

有人叫他请求特赦，他便发狂般地紧抓着这所有不幸的人的最后的希望。别人可不是已经成功了吗？为什么他不可以呢？对马德里那个善良的妇人来说，救他一条命是算不了一回事的！不过签一个小小的字罢了。

而且对所有的为了好奇或是责任而来的忧伤的访问者：律师，教士，新闻记者，他都会用恳求似的声音抖索索地问，好像他们都能救他一样：

“您以为怎么样？她会签字吗？”

第二天，无疑地，他会给牵到他的村庄去，被看守着又绑缚着，好像一头牵到屠宰场去的牲口一样，刽子手已经带着家伙等候在那里了。他的妻子，在监牢的门口已经等待了好几个钟点，等待着他出来的时候和他见一面。她是一个强壮的棕色头发的女人，嘴唇很厚，两道眉毛是连接着的，而且当她摇动着她的蓬大的，层数很多的裙子的时候，便有一种牲口房里所特有的辛烈的气味散发出来。

她落到这个地步好像吓昏了。在她恍惚的目光中，可以看出惊愕的成分多于悲哀的成分；一看那紧贴着她宽大的胸部的婴孩，她便要哭了。

“主呀，多么大的全家的耻辱啊！她早知道这个人要如此收场的！要是这孩子不生下来就好了！”

那神父想法安慰她。她为什么要听天由命呢？她一旦做了寡妇以后，还能遇上一个使她更幸福的男人。这种想法似乎使她重新有了生气；她甚至谈到了她头一个爱人，一个很好的孩子，他从前是给拉斐尔吓跑的，现在不论在村庄里或是在田野间，他总是接近她，好像有什么话要对她说似的。

“不！男子倒并不缺少。”她平静地说，甚至想微笑了。

“可是我是一个虔诚的教徒，假如我要和另外一个人结婚的话，我一定要在教堂里举行婚礼的。”

她注意到教士和狱卒们的惊异的目光，又回复到现实的悲哀里了，于是她的被迫淌出的眼泪淌得比以前更多了。

傍晚时消息到达了，赦免的命令已经签了字。拉斐尔仿佛亲自看见的，那住在马德里一切豪华之中的贵妇人就像是一位供在神龛上的圣母，给电报和恳求说软了心，赦免了这囚犯的死罪。

这桩赦免的新闻在狱中一切的囚犯之间都传遍了，大家好像有人已给他们都签了赦免命令似的兴奋。

“快乐些吧，”那教士对被赦免的罪犯的妻子说，“他们不会把你的丈夫处死了，你也不会做寡妇了。”

这少妇默默不响。在她的脑子里有无数的思想似乎在慢慢地生长出来，她极力想排除它们。

“好！”最后她很安静地说，“他什么时候出狱呢？”

“出狱？……你疯了吗？永远不会了。他能够活命已经应该很高兴了。他将被解送到非洲去做苦工，因为他还年轻力壮，他很可以再活个二十年。”

这还是第一次，这妇人尽情地哭了。可是她是由于失望、愤怒而哭的；悲哀的成分呢，却一些也没有了。

“喂，太太，”教士发怒了，说，“这简直是贪心不足了，我们已经救了他的命，你懂得吗？他已经不被判处死刑了……你还抱怨什么呢？”

那妇人不哭了。她的眼睛含怒地闪耀着。

“好！让他们不把他处死吧……我很快乐。他已经有命了，可是我呢？”

在一个长时间的沉默之后，她呜咽起来，呜咽使得她棕色的，火热的皮肉颤动着，她又加上一句话：

“那么，我，我是女罪犯了！”

疯　狂

伊巴涅斯

居民们从郊野的各个方向，跑到巴思古阿尔·加尔代拉的茅屋来了：他们怀着又激动又害怕的复杂心理走进了茅屋的门。

“孩子怎样了？好些了吗？……”那个被自己的妻子，妻妹们，远亲们（他们都是为了那件不幸的事而聚集拢来的）包围着的巴思古阿尔，又忧郁又满意地接受着那些邻人们对他儿子健康的同情话——是的，他好些了！两天来这件把全家闹得昏天黑地的可怕“东西”已经不来折磨他了。而那些沉默寡言的农民——加尔代拉的朋友们，正如那些激动得喊出声来的多嘴妇人一样，把脸伸到卧房的门里，胆怯地问：“你怎样了？”

加尔代拉的独子就在那儿，有时遵照他母亲的命令躺着，他母亲认为病人不可能不需要肉汤和静卧；有时坐着，手托着腮帮，眼睛呆望着房里最黑暗的角落。那父亲呢，当他独自个的时候，便皱起粗大的白眉毛，在那荫蔽着他房门的葡萄棚下踱来踱去，或者由于习惯，会向附近的田亩看上一眼，可是他却绝对没有弯下身去拔那已在田里长出来的野草的心情了。这片靠了他的血汗的力气才变得肥沃的地，现在和他有什么关系呢？……他结婚很迟，只有这么一个儿子，这是一个刚强的孩子，像他一样地勤勉又不多说话。他是一个不用命令和威吓就能尽自己的责任的农民，而且当要灌溉，要在星光下就给田亩灌水的时候，他从来不会不在半夜里醒过来的；清早一听见鸡啼，他便会立刻从他的铺在厨房里的一张长凳上的、孩子睡的可爱的床上掀开被窝和羊皮，跳起来，套上他的草鞋。

巴思古阿尔老爹从来没有对他面露微笑。他父亲是拉丁式的父亲，家里的可怕的主人，他在工作之后回来独自进食，由他妻子带着服从的态度站立着侍候。

可是在这无上的家主的严肃的面具之下，却深藏着对于这个儿子——他的最好的作品的无限宠爱。他驾榻车驾得多么敏捷啊！他使唤起锄头来，一上一下的那么用劲，好像把他的腰带都要崩断了，他的衬衫湿得多厉害啊！谁能像他一样地骑驴子不用鞍子，而且姿势优美地只用草鞋尖儿往那畜生的后腿上一碰就跳上了驴背呢？……而且这个种地的人既不喝酒又不喜欢和别人吵嘴。当征兵抽签时，他运气好抽出一个好数目来；在圣约翰节，他又就要和附近的一个庄子的一个姑娘结婚了。那时她不会不带几块田地到她公婆的茅屋里来的。巴思古阿尔老爹所梦想着的是一个快乐的将来；幸福，家族的传统能够光荣而平稳地延续下去。当他年老的时候，另一个加尔代拉会在他祖先垦肥了的土地上耕作着；那时有了一大群逐年增加的孩子，那些小“加尔代拉”会在驾着犁的马的周围玩耍着，会带着几分害怕的看着他们的言语简单，老眼里流着泪水的，坐在茅屋门前晒太阳的祖父！

主啊！世人的幻想是怎样地消灭了啊！……礼拜六那一天，小巴思古阿尔半夜从他未婚妻的家里回来，在田野的小路上有一条狗咬了他；一头坏畜生，它一声不响地从芦苇丛里窜出来，而且正当那年轻人俯下身去拾石子掷它的时候，它已经在他的肩头很深地咬了一口。他的母亲，她是每夜当他去探望未婚妻的时候，总要等着给他开门的。那夜一看见他肩头的半个乌青圈儿和红红的狗牙齿印，她不由得惊喊起来，急匆匆地跑进茅屋里忙着准备汤药和敷药。

那孩子见了这可怜妇人的着慌样儿，哭起来了。“不要响，妈妈，不要响！他被狗咬这又不是第一次了。他身体上还留着许多狗牙齿印，那是在他儿童时代，他到园子里去的时候向茅屋的狗抛石子的结果。加尔代拉老爹由于过去的经验却在床上毫不紧要地说：明天他的儿子可以上兽医那儿去。兽医会用烙铁在他的伤口烙一烙，那便什么事情也没有了。这就是他的命令，没有商量的余地。”

那年轻人是那些开辟伐朗西亚的摩尔人的好子孙，他镇定地让人给他施行手术。一共是四天的休息。就是在这四天的休息中，这个勤劳的人还要带着伤想用他痛楚无力的手臂去帮助他的父亲。礼拜六，当他在日落后到了他未婚妻的田庄上的时候，人们总是问着有关他健康方面的消息：

“喂！那个伤处现在怎样了？”他在他未婚妻的询问的目光下快乐地耸耸肩膀，随后这一对儿便在厨房的尽头坐了下来。他们在那儿互相脉脉含情地对看，或是谈论些买家具和新房里的床的事情，他们俩谁也不敢挨近对方，坚持着严肃的态度；正如他未婚妻的父亲笑着所说的一样，他们在彼此之间让出了一个可以“操镰刀”的地位。

一个多月过去了。只有做母亲的还没有忘了那桩意外之事，她焦虑地看着她的儿子。啊啊！圣母啊！郊野似乎已被上帝和圣母遗弃了！在当伯特拉的茅屋里又有一个孩子给疯狗咬了一口，现在正活受着地狱般的痛苦。村庄里的人都怀着恐怖去看那可怜的孩子。这是受到同样不幸的母亲所不敢去看的景象，因为她想着自己的儿子。啊！假如这个小巴思古阿尔，这个像一座塔似的结实高大的小巴思古阿尔有了跟那个不幸者同样的命运呢？……!

一天早晨，小巴思古阿尔不能从他睡着的那条厨房里的长凳上起来了。他的母亲扶他上了那张占据卧房一部分地位的婚床，那卧房是茅屋里最好的一个房间。他发着烧，在被狗咬过的地方感到痛得厉害；一阵阵的寒噤来个不停，他牙齿打着牙齿，而眼睛又给一层黄黄的翳遮黑了。那时，本地最老的医师霍赛先生骑着他颠簸的老驴子，带着他的百病万灵药和渗过脏水的缚伤口的绷带来到了。一看见病人，他就皱了皱脸。这病是厉害的，非常厉害的！这病只有那些伐朗西亚的名医才能医治，他们比他懂得多。

加尔代拉驾起他的马车，把小巴思古阿尔送上马车。那个孩子的病的发作期已经过了，他微笑着，说只感到一点儿刺痛了，回到家里，做父亲的似乎比较安心了。一个伐朗西亚的医师给小巴思古阿尔扎了一针。医师是一个很严肃的人，对病人用好话劝慰了一番，但是又一边盯着他看，一边埋怨他这么晚才来找医生诊治。

在一礼拜内，这父子两人每天都到伐朗西亚去。可是有一天早晨，小巴思古阿尔不能动弹了。病又发作了，比前一次更凶，使那可怜的母亲吓得叫起来。他的牙齿轧轧地响，他叫喊，嘴角喷出泡沫；他的眼睛似乎肿了，发黄而凸出，像两粒很大的葡萄。他的肌肉抽动着，站起身来；他的母亲攀住他的颈项而且惊喊着；加尔代拉，那沉默而镇定的力士呢，却沉着地用力紧紧抱住小巴思古阿尔的手臂，并且强迫他躺下来不要动。

“我的儿子！我的儿子！”那母亲哭着。

啊！她的儿子，她几乎认不出他就是她的儿子了。在她看来，他似乎已是另外一个人了。从前的他现在只剩下了一个躯壳，就好像有一个恶魔附在他的身上，折磨着从这母亲肚子里出来的一块肉，并且在这不幸者的眼睛里燃着了不吉祥的光芒。

随后他又安静下来，显得疲惫不堪。所有邻近的妇女们都聚集在厨房里，谈论病人的命运。她们又骂那个城里的医师和他的见鬼的扎针，是他把病人弄到这种地步的。在未经他诊治以前，孩子已经好得多了。啊！这个强盗！而政府竟不惩罚这种败类！不，除了那些老的药方以外，没有别的药方，那些老的药方是经过好多代人的经验而得到的良药，他们出生在我们以前，当然要比我们知道得多得多。

有一个邻人去请教一个年老的巫婆，她专医被狗和蛇咬伤或是被蝎子蜇伤。一个邻妇去拉来了一个眼睛瞎得几乎已经看不见了的老牧羊人，他能不用旁的东西，只用自己的唾沫在病人受伤的肉上画一个十字便会把病给治好。

草药和用唾沫画的十字又重新带来了希望。可是忽然人们看见那个几小时不动又不作声的病人老是向着地上呆看，好像他觉得自己身上有件莫名其妙的东西用一种渐渐增加的力慢慢地攫住了他。立刻病又发作起来了，便把怀疑投到那些争论新药的妇女们的心中去了。

他的未婚妻带着她处女的眼泪汪汪的棕色的大眼睛来了，而且，很怕羞地走到病人身边去，她还是第一次敢于握住他的手。这种大胆使她肉桂色的脸儿都羞红了。“你怎样了啊？……”而他呢，从前那么多情，却挣脱了这种温柔的紧握，掉过眼睛去，不看他的情人；他在找躲避的地方，好像自己在这种状态中是很可羞的。

做母亲的哭了。天上的王后啊！他的病很沉重了，他快要死了……假如我们照那些有经验的人所说的那样，能够知道咬他的是哪条狗，割下它的舌头来制药，那有多么好啊！……

上帝的愤怒好像在郊野上降落下来。又有许多狗咬了人！人们也不知道在那些狗里哪几条是有毒的，人们以为它们全是疯狗！那些给关进在茅屋里的孩子从半开的门里用恐怖的眼光望着广大的平原；妇女们需要成群结队，才敢战战兢兢地走那些弯曲的小路，一听见芦苇丛后有狗的叫声就都加紧了脚步。

男子们假如看见自己的狗流馋唾，喘气，而且露着悲哀的样儿，就马上怀疑它们是疯狗。那猪兔犬——打猎的伴侣，那守门的小狗，那系在马车边当主人不在的时候看守马车的可怕的大狗，都毫不例外地受人注意着；或是在院子的墙后面干脆地给人打死了。

“在那边！就在那边！”这一间茅屋里的人向那一间茅屋里的人叫喊着，目的在互相通知有一群叫着的，饥饿的，毛上沾满了污泥的狗，它们被人日夜不停地追赶着，在它们眼睛里发出受人捕捉时才有的那样发疯的光芒。郊野里似乎流过了一阵寒潮，茅屋全都闭上了门，还竖起了枪。

枪声从芦苇丛里，长着很高的草的田野里，茅屋的窗户里发出来。当到处给人追赶的流浪的狗飞奔着向海边逃去的时候，那些驻扎在狭窄的沙带上的税警便向它们一齐瞄准射出一阵排枪来：那些狗掉转身去，正当它们企图打从手里拿着枪追赶它们的那些人旁边窜过去的时候，便在河道边遗留下许多的尸体了。晚上那远远的枪声便统治着整个幽黑的平原。凡是在黑暗中活动着的东西都要挨一枪，在茅屋的四周步枪以震耳的吼声应答着。

人们怀着他们共同的恐怖，都躲避起来了。

天一黑，郊野里便没有了亮光，小路上没有了活的生物。好像“死亡”已经占领了这黑暗的平原一样。一个小小的红点，好像是一颗光滢的泪珠，在这片黑暗的中央颤动着：这是加尔代拉茅屋里的灯光。在那儿，那些围着灯光坐着的妇女都在叹息，她们带着恐怖，等待着那病人的刺耳的喊声，他的牙齿的相打声，他的肌肉在那双控制他的手臂下扭曲着的声音。

那母亲攀着这使人害怕的疯人的颈项。这一个人眼睛这样突出，脸色这样发黑，像受宰的牲口一样地痉挛着，舌头在唾沫间伸出来，像渴得非常厉害似的喘息着，他已经不是“她的儿子”了。他用那绝望的吼声呼唤着死神，把头往墙上撞，还想咬着什么；可是没有关系，他仍旧是她的儿子，她并不像别人一样地怕他。那张威胁人的嘴在沿着泪水的憔悴的脸儿边停住了：“妈妈！妈妈！”他在他短短的恢复理智的时候认出她了，她应该不怕他的。他也决不会咬她的！当他要找些东西来满足狂性的时候，他便把牙齿咬进自己胳膊的肉里，拼命地咬着，一直要咬到流出血来。

“我的儿子！我的儿子！”母亲呻吟着。

于是她给他的痉挛着的嘴上抹去了可以致人死命的唾沫，然后把手帕又放到自己眼睛边去，一些儿也不怕传染。那严厉的加尔代拉也绝不介意病人对他望着的那双威吓人而且狂暴的眼睛。小巴思古阿尔已不尊敬自己的父亲了，可是那个力大无比的加尔代拉却一点也不在乎他儿子的狂性，当他儿子想逃走，仿佛要把自己的可怕的痛苦带到全世界上去似的时候，那父亲便把他紧紧地抱住。

在一次病发作跟另一次发作当中，已经没有很长的平静的时期了：差不多是继续不断地发作了。这个为自己咬伤的，体无完肤的，流着血的疯子老是吵闹着，脸儿是发黑的，眼睛是闪动而发黄的，完全像一头怪兽一样，一点也不像人了。那老医师也不问起他的消息。有什么用呢？已经完了……妇女们失望地哭泣着，死是一定的事了。她们所悲恸的只是：那等待着小巴思古阿尔残酷牺牲的时间很长，可能还要几天。

在亲戚朋友之中，加尔代拉找不出能帮助他来降服病人的大胆的人。大家都怀着恐怖望着那扇卧房的门，好像门后就藏着一个极大的危险一样。他们在小路上跟河道边冒着枪弹的险，那倒还算得上男子汉大丈夫；而且一刀可以还一刀，一枪可以还一枪。可是，啊！这张喷着唾沫的嘴，它会咬死别人的！哦！这种无药可救的病，得了这种病，人们便在非常大的痛苦里抽搐，正如一条被锄头砍成两段的蜥蜴一样！……

小巴思古阿尔已不再认识自己的母亲了。在他最后一次清醒的那几分钟里，他用一种温柔的粗暴行为把她推开。她应该走开！他深怕害了她，她的女朋友们便把她拉到房外去，在厨房的角落里用力按住她。

加尔代拉用他快要消失的意志的最后的力量把病人拴在床上。当他用力将绳索把这个年轻人敷在这张他出世的床上敷得不能动的时候，加尔代拉的粗大的白眉毛颤动着，而他的眨动着的眼睛被泪水打湿了。他好像是一个在埋葬他儿子，为儿子挖掘坟穴的父亲一样。那病人在坚硬的手臂里发疯似地扭着，挣扎着；加尔代拉非得用一番很大的力气才能把他镇住在勒到他肉里去的绳索之下。活到这么大的岁数，到后来还不得不干这种事情！他创造了这个生命，可是现在，被种种无补于事的痛苦所吓倒了，只希望这个生命灭亡得越快越好！

……上帝啊！为什么不立刻结果了这不能避免死亡的可怜的孩子呢？

他关上了卧室的门，想逃避这种刺耳的叫声带来的恐怖；可是在茅屋里，这种疯狂的喘息不绝地响着，那母亲的，那围着垂灭的灯火的邻妇们的哭声，跟病人的喘息正闹成一片……

加尔代拉跺着脚。“女人们，不要响！”可是别人不服从他，这还是第一次。于是他走出了茅屋，避开了那搅成一片的悲哀声。

夜降临了。他的目光落在天边的表示白昼消逝了的那狭长的一条黄颜色上，在他的头上，星光闪耀着。那些已不大看得分明的茅屋里都发出了马嘶声，狗叫声，母鸡呼雏声；这些都是动物的在睡眠以前，一天里最后一次的惊动。这粗野的人在这平凡的，对于生物的哀乐没有感觉的自然界里，只感到一种空虚。那么，他的悲哀与那在高空临视着他的点点星光又有什么关系呢？……

那远远的病人的喊声又透过了卧房开着的小窗重新来到他的耳边了。他当年做父亲的温柔的回忆都兜上心头来了。他回想起那时抱了年纪太小而常常害病的，啼哭着的孩子在房里踱着步的不眠之夜。而现在这孩子还呻吟着，可是没有希望了，在那提前的地狱的酷刑里呻吟着，等待着死亡来解决。加尔代拉做了一个害怕的手势，把双手捧住自己的额头，好像要赶走一个残酷的念头一样。随后他似乎又踌躇起来了。

为什么不呢?

“为了他不再受苦……为了他不再受苦!”

他走进屋子去，立刻又走了出来，手里提着他那支双响的旧枪。他向小窗前跑去，好像怕后悔似的，然后把枪伸进小窗去。

他还听见那痛苦的喘息声，牙齿的相打声，凶恶的吼声，这些声音都是很近而且清晰的，好像他就在那不幸者的身旁一样。他的眼睛已经习惯黑暗了，看见那在黑黝黝的房间里的床，那个跳动着的身体，那张在绝望的痉挛中忽隐忽现的惨白的脸儿。

他从小在郊野里长大，除了打猎没有别的娱乐，他用不着瞄准就可以把鸟打中，现在也害怕着自己手的颤抖和脉搏的跳动了。

那个可怜的母亲的哭声使他回想起许多久远的，很久远的——到现在已有二十二年了！——当同她在这一张床上生下这个独子来的时候的那些事情。

什么！便这样了结嘛！他用噙着泪水的眼睛望着天空，天是黑的，黑得可怕，一颗星也没有。

“主啊！为了他不再受苦！为了他不再受苦！”

于是，他一边念着这几句话，一边端起枪来，随后便用一只发抖的手指扣着扳机……两下可怕的枪声响了……

哀愁的春天

伊巴涅斯

年老的笃福尔和那少女是他们那个被不停地出产弄得贫瘠了的花园的奴隶。

他们又可说是两株生长在这块并不比一方手帕大些（这是他们的邻居说的）的地上的树木；从这地上他们用劳力去换取他们的面包。人们看见他们不息地弯身在地上，而那少女，虽然看来弱不禁风，也像一个真正的佣工般地工作着。

人们称她为鲍尔达，因为笃福尔老爹的已死的妻子为了要使她没有孩子的家庭快乐，才从育婴堂中领了她来。她在这个小小的花园里长大起来一直到十七岁，可是她肩膀很狭，胸口凹进去，而且背脊弯曲，非常的弱，看起来只有十一岁。这小姑娘干咳着；这种干咳不断地消耗她的体力，叫邻近的女人们和同她一道到市上去的村女们为她不安！任何人都爱她：她是这般地勤劳！在黎明以前，人们已经看见她寒颤着，在采蛇莓或是剪花枝了。当轮到笃福尔老爹灌溉时，黑夜里她勇敢地拿起鹤嘴锄在灌溉用的河沟边上掘出一道水路，让那干渴又焦炙的泥土带着一种满足的咕噜咕噜的声音把水吸尽。当送货到马德里去的那些日子，她便像个疯子似的在花园里跑来跑去地加紧采摘，一捧捧地将那些石竹花和蔷薇花抱出来交给那些包捆货物的人装进大筐子里去。

要依靠这样一小块地来生活，就得想尽一切的办法，不要让那块地休息片刻，要像对付一头吃到鞭子之后才肯走的不驯良的牲口一般地对付它。这只是极大的地产中的一小块地，那大地产以前是属于一个修道院的，革命以后，捐助的财产取消时才将它分成一块块的。现在那渐渐扩大起来的城市，由于新建房屋的关系强迫要把这个花园消灭，而笃福尔老爹在不断地咒骂这块负心的土地时，一想到那地主被利饵所引诱，可能决定把它卖掉，他便颤栗起来了。

笃福尔老爹在那块地里工作已有六十年了："他的血汗全部花在那里！"没有一块泥土是没有出息的！这花园虽然这样地小，可是立在花园中央，看不到墙，它们都给树木和花草的乱丛所遮住了：山楂子树，木兰花，石竹花的方形花坛，月季花丛，素馨花和西番莲的稠密的花架：一切可以生利的东西，因为城里人的呆傻而值钱的东西。

那个对于自然的美没有感觉的老人，会把花枝像野草般地一把把地割下来，又把那绝好的果子满装在塌车上。这个不知满足的吝啬的老人牺牲了那可怜的鲍尔达。在咳的喘不过气来的时候，只要稍稍地休息一下，她就听到那些威吓的话，或是肩头上挨到一块作为凶恶的警告的泥土。

她的邻近的那些女花园匠都代她抱不平。他正在弄死这个小姑娘：病沉重起来了。可是他总用着那老一套的回答：工作是应当有劲儿的。到了圣约翰节和圣诞节需要付地租的时候，地主是不会听你讲道理的。这小姑娘的咳嗽也不过是习惯的事：因为她每天吃一磅面包和蒸饭罐中的她的一小份儿，有时甚至是极好的食物，譬如葱头烧的大肠啦。礼拜天，他让她去散散心，还把她像一位贵女似的送去做弥撒。不到一年之前他曾给她三个贝色达买了一条裙子。况且，他不是她的父亲吗？那年老的笃福尔正如一切拉丁族的农民一样，用古罗马人的方式来做父亲的……对于他们的子女操有生死的大权；他在心底无疑地怀着慈爱，但只采用了皱眉有时是棒打的方式来将那慈爱表现出来……

可怜的鲍尔达从来不出怨言。她也很愿意努力工作，可以不失去这块小小的地；因为在这块地的小径中，她似乎还看见那个年老的女花园匠的打补丁的短裙飘拂，她管这个人叫母亲，当她被她的粗糙的手所抚爱的时候。

她在世上所爱的一切都在这里：那么从小就认识她的树木，那些在她无邪的灵魂中唤醒了的一种广泛的母性观念的花。它们全是她的儿女，是她儿时惟一的洋娃娃。每天早晨她看见开了新的花朵，总要同样地感到一番惊异。她看着它们生长，从它们畏怯地像躲藏似地收紧了它们的花瓣的时候，一直到它们用一种忽然的大胆吐放它们的色彩和芬芳的时候。

那花园为她奏出一支没完没了的交响曲，在这支交响曲中，色彩的和谐混合到那树木的噪响里，混入了繁生着蝌蚪又给叶子遮住的，像一条牧歌的溪流般发着声音的泥沟的单调歌声中去。

在烈日当空，当老人去休息的时候，鲍尔达来来往往地走动着，欣赏着她家里的人的种种美丽，它们都穿上节日的衣裳来庆祝新春。多么美丽的春天！无疑地，那仁善的上帝已离开天堂降临到人间来了。

那些白锦似的略带憔悴的百合花直立着，正跟可怜的鲍尔达有好多次在画图中欣赏过的在装扮着去赴舞会的小姐一样。那些肉色的茶花使人不由自主地想起那些温柔的裸体，那些懒懒地伸展身体的贵妇人……那些紫罗兰做着媚态躲藏在叶子里，从它们的芬芳中告诉人们它们是躲藏在什么地方。那些黄色的雏菊散布着，好像是失去了光彩的金纽子；还有那些石竹花正像一群戴红帽子的革命的人，遮满了花畦还向小径进攻。在上面呢，木兰花摆动着活像象牙香炉般的白色杯子，吐出一缕比寺院的香更馥郁的香气。而那些蝴蝶花——狡猾的魔鬼——在将它们紫色天鹅绒的帽子和生有胡子的脸儿从丛叶中间伸出来，好像在眨着眼睛对少女说道：

“鲍尔达，我的小鲍尔达，我们被太阳烤坏了，看上帝的面上！弄些水来吧……”

是的，它们是这样在说，鲍尔达是用眼睛而不是用耳朵听到它们说的。虽然她的背脊疲乏得像要折断了，她还是跑到水沟边去灌满了喷水壶，给这些无赖行个洗礼。它们呢，在淋浴下感激地向她鞠躬。

在割花枝时她的手是时常颤抖的。她宁愿让它们在原处枯干，可是必须赚钱，而且为了这个缘故就得装满由那些人们运往马德里去的筐子。

她很羡慕那些能出门的女人。马德里……那是怎样的一个地方呢？……她看见一个跟仙境相似的城市，有华丽得像童话里所说到的那样的宫殿，灿烂的磁厅，磁厅里的明镜反映出万道光芒，她还看到许多贵妇们，美丽得跟她的花朵一样。这种幻景是这样的生动，她相信自己在从前，在她没有出生以前都完全看见过。

在那个马德里有位年轻的先生——地主的儿子，当他幼小的时候是常和她在一起玩耍的。可是去年夏天当他已经变成了一个漂亮的青年来看看地产时，她一见他便羞得躲避开去了。哦！温柔的记忆啊！她只要一想起他们儿时的两人一块儿坐在一个河堤上，听人讲那个被人轻蔑，后来忽然变成一个漂亮公主的灰姑娘的故事的时候，她的脸儿就红了。

那些被弃的女孩子总是做的那些梦，于是用它的金翅膀来抚摩她的前额了。她看见一辆华丽的马车停在花园门边，正如同传说中一样有个美丽的妇人喊她道："我的女儿！……我终于又找到你了！"随后她有了华丽的衣服和一所宫殿做她的住所；最后，因为不是在任何时候都有王子可以嫁的，所以她心满意足地嫁给了这位"年轻先生"。

谁知道呢？……可是当她梦想最热烈的时候，现实却利用一个野蛮的方式来唤醒她；这便是老笃福尔掷过来的泥块，同时他还用一种严厉的声音向她喊道：

"快啊！时候到了。"

于是她重新又工作起来，重新又折磨大地，大地的抱怨是开遍了鲜花。

白热的太阳燃烧着那花园，竟使树皮都要爆裂了！在凉爽的早晨那些劳动者恰像在午时一样地挥汗工作着；然而鲍尔达是渐渐地瘦下去，而且她的咳嗽也在厉害起来。

她怀着一种无法形容的悲哀吻着那些花朵，她憔悴的脸上的气色和生命力都仿佛给那些花朵偷走了。

谁都没有想到去请医生。有什么用呢？请医生要花费好多钱，而笃福尔老爹对他们又没有信心。鸟兽没有人那么聪明，它们既不知道医生又不知道药品，然而它们身体并不比人坏。

一天早晨，在市上鲍尔达的伙伴们一边怜惜地望着她，一边悄悄地耳语。她因为有病，听觉很敏锐，她什么都听到了……她在落叶的时候要死了。

这些话在她变成了一桩烦恼。“死！”好吧！她听天由命！她只担心那个将要孤独无助地留在世上的可怜的老人。可是她希望至少能像她的寄母一样死在仲春，正当那花园在狂欢中装点着最鲜艳的色彩时，而不在那大地上变得非常荒凉，树木像扫帚一般，冬天开的没有生气的花儿含愁地站在花畦上的那个季节里。

在落叶时！……她讨厌那些到了秋天叶子落光了，树枝像骷髅一般的树木。她逃避它们，仿佛它们的影子也是有害的一样。相反的，她爱那株僧侣们在上一个世纪里种下的棕榈树：像个瘦长的巨人，它的头上戴着永生的棕叶冠，像喷泉似的披下来。她疑心自己或许怀着痴狂的希望。可是对奇迹的爱培养着这些希望；可怜的鲍尔达就像那些在一座能够产生奇迹的神像下治病的人一样，总是爱在那株棕榈树下休息，她相信它尖尖的叶子会用阴影来保护她。

她这样地把春天过完了：她在那照不暖她的太阳下，看见地面上蒸出气来，好像要爆裂出一个火山口来似的。吹着那些枯叶的初起的秋风这时忽向她报到了。她越来越瘦，越来越忧愁；她的听觉是那么敏锐，连最遥远的声音都听到了。那些在她头边飞舞的蝴蝶把翅膀粘在她额头的冷汗上，好像它们要引她到另一个世界中去似的；在那个世界里，花枝自己生长出来，一点也不窃取那扶植它们的人的生命来造成它们的色彩和芬芳。

接着来的冬雨不再淋湿那鲍尔达了。它们却落在笃福尔老爹弯曲的背上，他还是在那儿，手里握着锄头，眼睛瞪着畦沟。

他用漠不关心的态度跟艰苦服从纪律的军人般的勇气来完成他的命数。他为了要经常有东西来塞满他的食盒和偿付他的地租，他就必须工作，尽力地工作！

只剩下他独自个儿了……那小姑娘已跟着她的母亲去了。那留下给这老人惟一的东西，就是这块负心的地——这个吸人生命的恶鬼；临了还会把他带走的——常常满披着花朵，芬芳，丰饶，好像绝对没有觉得死亡经过一般！甚至一枝月季都没有枯干去伴随那可怜的鲍尔达的最后的旅程。

七十岁的笃福尔得兼干两个人的活了。他连头也不抬地，格外坚忍地掘着地，对于他周围的负心的美毫无感觉——因为他知道这是做牛马的代价——他只想那自然的美丽的产品能够卖得起好价钱，他为这个希望而兴奋着，又用出那副刈草时漠不关心的态度割着花枝！

天堂门边

伊巴涅斯

阿尔鲍拉牙的倍塞罗勒思老爹坐在酒店的门坎上，一边用他的大镰刀在地上划着一条条的线，一边斜看着那些伐朗西亚人；他们都围着那张铅皮小桌子，把酒一杯杯地倒进嘴里，还把手伸到那装满着醋腌大肠的盘子里去。

每天他怀着到田里去工作的决心从自己家里出来，可是每天魔鬼总叫他在拉达特酒店遇见一个朋友，于是一杯又一杯，他便把自己给忘在那儿，一直到正午或者甚至一直要到黑夜。

他蹲在那儿，带着一种老主顾的从容的态度。他想找些陌生人来聊聊天，还希望他们会邀他喝一杯酒，而不损害到对大人物应有的礼貌。

尽管他对工作没有兴趣和对酒店非常爱好，这老头子并不是没有长处的！他知道多少的事！……他搜集了多少故事啊！别人把他称作倍塞罗勒思并不是没有理由的：只要有一张破报纸的角落到他的手中，他总是要从头至尾拼着字母逐字将它读完为止。

听了他的故事，特别是有关修道士和修道女的故事，人们立刻爆发出笑声来了；而那拉达特也笑了，满意地看见主顾们为了祝贺他讲的故事好听，时常要打开酒桶的龙头。

有一天那些伐朗西亚人请他喝了酒，当他听到他们中间有一个人讲起修道士的时候，他便想也讲一个故事来报答他们的盛情。于是他立刻说道：

“啊，是了，那些坏蛋！……谁能够骗得过他们呢？……有一回，一个修道士，连圣彼得都受了他的欺骗。”

被那些陌生人的好奇的眼光所激动，他便开始讲他的故事了。

从前在郊外“诸王的圣米歇尔”修道院里有一个修道士——沙尔伐道尔神父，他的聪明、快乐以及好脾气，受到了大家的看重。

我呢，我并不认识他，可是我的祖父记得看见他过。那位神圣的人到我外曾祖母家去过，他把手交叠在肚子上站在茅舍门前等候着巧克力茶。怎样的一个人啊！他有一百多公斤重。他做一件礼服是必须要用一整匹的布。他每天总要走上十一二户人家，而且在每一家都有他的“二两”巧克力茶。当时我的外曾祖母这样地问过他：

“你喜欢什么，沙尔伐道尔神父？嫩蛋马铃薯呢还是醋腌大肠？”

他用跟打鼾一样的声音回答道：

“拼在一起……拼在一起！”

他长得非常好看，而且老是打扮得挺漂亮。在他经过的地方，似乎都撒播下了像他一样丰满健康的种子；只要看地方上的儿童们都有像他那样血液旺盛的肤色，像他那样的满月般的脸儿以及至少可以提出三斤脂肪来的黄牛似的身体就可以证明了。

可是在那时的所谓下等人里，一切都是谈不上讲究卫生的。他们有时饿肚子，有时拼命吃一餐。有一晚上沙尔伐道尔神父也是那样地吃得太饱了，他是刚给一个长得跟他模样儿相似的孩子行完洗礼，忽然地像打起鼾来了，把整个修道院里的人都吓慌了，他像一只酒囊似的炸开了——愿你们恕我这个譬喻。

现在我们的沙尔伐道尔神父飞升到天上去了，因为他相信那里一定有一个修道士的位置的。

他来到一个全是黄金做成的，缀着珠子的大门前，那些珠子正像法官的女儿主持老小姐赛会的时候，发夹上闪闪发光的珠子一样。

“笃！笃！笃！”

“谁啊？”里面有个老头子的声音问。

“开门啊，主圣彼得。”

“你是谁？”

“我是‘诸王的圣米歇尔’修道院里的沙尔伐道尔神父。”

门上的小门打开了，圣人的头露了出来；可是他却怒叱着，而他的眼睛又从他的眼镜中投射出光芒来。诸位要晓得，因为那圣使徒是个近视眼。

“厚脸皮！”圣人说，变得狂怒了，“你来干么？快滚，流氓！这儿没有你的位置。”

“喂，主圣彼得，开门吧，天黑了。您老是爱开玩笑！”

“开玩笑？……只要钥匙在我手里，你总会尝到我的厉害，不要脸的东西！你还当我不认识你吗，秃鬼？”

“我请求您，主圣彼得……请您对我和气些！我虽然是这样有罪，你总可以有一个小小的空位置给我的，哪怕是在门房里！”

“滚开！……好买卖！假如我答应你进来，你一天之内一定就会把我们存着的蜜糖小蒸饼吃个精光，使那些圣人和小天使们活活地挨饿了。而且在我们这里还有无数的好福气的女人，她们都算不得难看！像我这般年纪要一天到晚跟在你后面监视你，那可糟了……到地狱里去吧，否则睡到一片云上去吧……我说！”

那圣人发怒地把小门关上了。于是沙尔伐道尔神父便站在黑暗里，听着那远远的天使们的吉他琴和笛子声；这一晚他们在奏小夜曲给最美丽的圣女们听。

好几个钟点过去了。我们的这位修道士已经打算上地狱去了，希望在那儿受到好一些的款待。忽然他看见有个像他一样高大，一样强壮的女人从两片云中钻出，慢慢地在走近来。她摇摇摆摆地走着，困难地推动着她像一个大皮球似的膨胀的肚子。

她是一个年轻的修道女，因为吃了太多的果酱，肚子痛死的。

“我的神父，”她多情地向修道士瞟了一眼，温柔地说，“这时候他们为什么还不开门？”

“等着吧！我们就可以进去了。”

这个人的肚子里有多少的妙计啊！他在一分钟内便想出了一个最好的计策来。

列位要知道，战士的士兵们是毫不困难地进天堂的。那些可怜的孩子们一到那里就可以进去，即使他们还穿着靴子带着刺马铁；他们遭遇的不幸，也值得享受特权。

“把你的裙子拉到你头上去！”修道士吩咐。

“可是，我的神父！……”那被激怒的年轻修道女说。

“拉呀，快些！不要倔强！”沙尔伐道尔神父带着权威似的声音说，“你是想和一个像我这样博学的人争辩吗？你哪里懂得进天堂的办法？”

修道女满脸通红地顺从了，于是黑暗中开始出现了一个像大月亮一样的皎白的东西。

“现在，四肢着地！要站得稳！”

沙尔伐道尔神父一跳就骑在他那伴侣的腰上。

“我的神父！……你真重呢！”这可怜的女子呻吟着，气都喘不过来了。

“站稳，跳一跳，嘿！我们立刻就要进去了。”

圣彼得正预备收拾起钥匙去睡觉，忽然听见有人在打门，“谁啊？”

“一个可怜的骑兵！”一个忧愁的声音回答着，“我刚在一场和不信教的人，上帝的仇敌的战争里战死，我骑了我的马到这儿的。”

“进来吧，可怜的孩子，进来吧！”那圣人说着把门打开了一半。

他在黑暗中看见那骑兵用脚跟踢着他的那匹立不稳的马。多么容易受惊的牲口啊！……这可敬的守门人有好多次想去摸一摸它的头。不可能的！它跳着，老是把它的屁股对着你！最后，那圣人惟恐它会踢他一两脚，便轻轻地在它的柔嫩而丰满的屁股上拍了几下，表示对它的疼爱。

“进去罢，小骑兵！往前走，赶紧镇定镇定这头牲口吧。”

于是，沙尔伐道尔神父骑着修道女混进了天堂。圣彼得把门关好预备睡觉的时候，嘴里感叹地自言自语着：

“上帝啊，地上怎样的一场大战啊！你看杀起来多可怕啊！可怜的小马！他们甚至把它的尾巴都砍掉了！”

巫婆的女儿

伊巴涅斯

在这辆三等客车的车厢里，旅客们差不多全都认识玛丽爱达——一个穿着孝服的美丽的寡妇。她抱着一个婴儿坐在车厢的门边，躲避着邻座妇女对她的注意和谈论。

那些年老的村妇，隔着放在自己膝上的，装着从伐朗西亚买来的货物的那些大筐子的把手，有的好奇地，有的怀恨地望着她。男子们口里咬着劣质的雪茄，向她盯着看。

整个车厢的人都在议论着她，讲着有关她的事情。

自从丈夫死后，她敢于出门，这还是第一次。三个月的时间早已过去了。无疑地，她已不再怕她丈夫的弟弟德莱了；他是一个身量短小的人，二十五岁。乡里人都怕他！他是个不怕死的人，玩枪是他惟一的嗜好。他生下地来的时候家里是很有钱的，他却抛弃了他的土地，宁愿去过那种冒险的生活。有时因法官对他的宽大使他能够依然在村里逍遥法外，有时对他怀恨的人敢于暴露他的罪行，他便躲到山里去。

玛丽爱达似乎又安逸又满意。哦，这坏畜生！有这么阴险的灵魂，却长得这么的美，而且态度也尊严得像王后一样。

那些从来没有看见过她的人，见了她这样的美，全都看得出神了。她就像村子里的主保圣人圣母的像一个样儿；她有那种洁白又像蜡一样透明的皮肤，随时还泛起一层红红的颜色；乌黑的眼睛像是裂开的杏仁，盖着很长的睫毛；脖子很美丽，有两道横的皱纹，更加衬托出她洁白的皮肤的光彩来。她高高的个儿，两个乳房非常结实，她只要稍稍动一下，她的乳房在黑衣服里便显得更加高了。

是的，她是非常美丽！……别人便拿这个理由来解释伯拜特，她不幸的丈夫对她的狂热。

全家的人一致反对这件婚事，可是没有用处。像他这样有钱的人，娶上一个穷苦的女孩子，真是太荒唐了！况且谁都知道她是一个巫婆的女儿，当然传受了她母亲的害人的邪术！

可是他却绝对不肯放弃。伯拜特的母亲完全是忧郁而死的。据邻妇所说，她与其看见那个巫婆的女儿上她的门来，还不如死了的好：就说德莱吧，他虽然是个无赖，并不将家声两字放在心上，却也差点跟他哥哥吵起来。他容忍不了有这种下贱的女人来做他的嫂子。她美丽是无疑的；可是她，据那些最可靠的人亲眼所见，以及在小酒店里亲口所说，她自己做有毒的饮料，帮助她母亲从流浪的小孩的身体内提出脂肪，来制造神秘的药膏……每个礼拜六的半夜里，从烟突里飞出来以前，先用那种药涂擦身体……

伯拜特对于这一切都付之一笑，终于和玛丽爱达结了婚：因此他的葡萄，他的稻子豆，马郁尔街的那所大房子，和他母亲藏在卧室钱柜里的钱完全都归她掌握了。

他是个傻子！那两头母狼已给他吃了些迷魂药——“蒙汗粉”了，那些最有经验的长舌妇一口咬定，这种药是由于邪术的关系，永远是有极大效力的。

那个满脸皱纹的巫婆，长着一对小小的恶毒的眼睛。她走过村庄里的空场子，没有一次不被许多顽童争着用石子扔她；她独自个住在郊外自己的小屋里。凡是在夜间打她的小屋子前面走过的人，没有不用手指画十字的。伯拜特就是从这个屋子里把玛丽爱达弄出来的，他有了这个全村最美丽的女人，觉得非常幸福。

而且是怎样的生活方式啊！那些善良的妇女用气愤的神色来提起。不论谁一看就知道这样的婚姻是由恶魔安排定的。伯拜特难得出门：他忘记了他的田亩，他放任他雇的短工，他不肯和他的女人离开一刻。从半开着的门里，从常开着的窗里，人们瞥见他们抱着亲嘴。人们看见他们追来追去，在幸福的沉醉中不停地欢笑着和抚爱着，听任大家看见他们的放浪的享乐情形。那简直不是基督教徒的生活。这是两只在不能扑灭的热情中互相追逐的疯狗。啊！这个极其下流的女人！她和她的母亲，用她们的药水激起了伯拜特的热情。

当人们看见他渐渐瘦下去，黄下去，小下去，像一支在熔化着的大蜡烛一样的时候，都相信这件事是真的……

村里的医生，只有他一个人不相信巫婆，媚药，他嘲笑一般人那么迷信，他说应该把他们分开来：照他的意见，这便是惟一的良药。可是他们依旧住在一起。他渐渐地变得骨瘦如柴，她却反而美丽，肥胖起来，傲慢地用她王后一般的态度毫不理睬别人的说短道长。他们生了一个儿子，然而两个月之后，伯拜特就像一个熄灭了的灯火似的，慢慢地死了，临死他还呼唤着他妻子的名字，还把手热情地伸给她。

村里的人闹开了！这当然是迷魂药的效力！那个老太婆怕受人欺侮，躲在她的小屋里不敢露面！玛丽爱达一连几个星期不敢上街去。邻居们都听见她在悲伤地哭。最后，她冒着人们仇视的目光，有好几个下午带了她的婴儿到她丈夫的坟上去。

起初，她害怕她那个可怕的小叔子德莱，在他看来，杀人，很简单，是男子汉大丈夫的行为。伯拜特的死叫他很愤怒，他在酒店里当着别人面前口口声声地说，要扭断那个寡妇跟老巫婆的脖子！可是别人已经有一个月没有看到他了。他一定是和那些强盗往山里去了，或者是有什么“买卖”勾引他往本省的别一角落去了。玛丽爱达到最后才敢离开村庄，上伐朗西亚去买货物……哦！那位美丽的太太，她用她可怜的丈夫的钱来装扮出怎样尊贵的模样！也许她在希望有些小绅士瞧见了她那么可爱的脸儿，会和她说上几句话……

那些恶意的低语在车厢里嗡嗡地响着，目光从各方面集中到她身上来。可是玛丽爱达张开了她那高傲的大眼睛，不顾别人的轻蔑，重新去望那些稻子豆田，蒙满灰尘的橄榄树田和白色的房屋。那些田亩房屋在车子的行驶中都向相反的方向奔去，而那好像裹在很厚很厚的金羊毛里的太阳落在地平线上，使地平线仿佛在燃烧着。

车子进入一个小站停下了。那些对玛丽爱达冷嘲热讽得最厉害的妇女都急着下车去了，把她们的篮子和蒲包堆置在自己的面前。

那个美丽的寡妇抱着孩子，将装有货物的篮子靠在她的结实的腰边，放慢了脚步走出去，好让那些怀恶意的长舌妇们走在前面，因为她愿意独自一人，不会有听到她们对她毁谤的痛苦。

在村落里，狭小、曲折、覆有披檐的街上，阳光很少照得到。最后的几所屋子排列在公路的两旁。过去就是田野了，在将近黄昏时望去是青青的；再远点，在尘土弥漫的宽阔的道路上，那些头上顶着包裹的妇女们像蚂蚁般地一连串走着，已经走到最近的村庄了；这个村庄里在一座小山的后面矗立着一个钟楼，它的涂漆的瓦顶在最后的阳光的反照下闪耀着。

玛丽爱达是勇敢的。然而当她看见只有她一个人在路上的时候，她突然感到了不安。路程很长，在她到家前，天一定完全黑了。

在一所房子的门上，一支积满尘埃，枯干的橄榄树枝在摇动着，这种标记就是旅店的招牌。在那下面，站着一个短小的人。他背朝着村庄，把身子倚靠在门框上，手叉在腰间。

玛丽爱达对他看了几眼……假如她，当他一回转头来时，认出他是她的小叔子。那是多么可怕啊，我的上帝！可是她的确知道他是在远地，她便继续走她的路。在她脑子里好玩地想起这个狭路相逢的残酷的念头，正因为她以为这种相逢是不可能的！然而，只要一想起那个站在旅店门口的人或许就是德莱的时候，她便直打哆嗦了。她低着头在他面前走过。

“晚安，玛丽爱达。”

真的是他……在现实跟前，这寡妇起初还没有感觉到刚才的那种忧虑，她不能再怀疑了，这正是德莱！这个面上露着奸恶微笑的强徒，他用着比他言语更使人担心的目光注视着她。

她低声答了个“你好”。她虽然这么高，这么强健，也觉得自己的腿子发软了，她甚至要鼓起力量来，才不使她的孩子掉到地上去。

德莱阴险地微笑着。这种情况没有害怕的必要，他们不是亲戚吗？他遇见她应该是很愉快的，他会伴着她一道上村庄去，而且一路上他们会谈些儿事情的。

“向前走！向前走！”这短小的人这样说。

她跟着他，像头绵羊一样的柔顺。这真是一个奇异的反常现象：这个高大、强健、肌肉结实的女人似乎是被德莱拉着走的；而他只是一个瘦弱矮小的人，那么虚弱可怜的样儿，只有他的奇异的锐利的目光泄露出他是怎样一个性格的人来。可是玛丽爱达却很知道他能干出什么事来。许多强壮而又勇敢的男子都被这头凶恶的野兽打败了。

在村落最后的一所屋子前，有一个老妇人在门口一边扫地一边低唱着。

“老婆婆！老婆婆！”德莱喊着。

那个老妇人丢下扫帚，跑了过来。玛丽爱达的小叔子在周围几里路内是太出名了，别人不敢不立刻服从他。

他从寡妇那儿将孩子夺下。他没有对那孩子看一眼，好像他怕自己会心软似的，心软对他这种人来说是不应该的。他将孩子递给了老妇人，要她小心照顾……这不过是半小时的事情！他们一干完那桩事立刻就会来找他的。

玛丽爱达放声呜咽起来，扑到孩子那儿想去抱他；可是她的小叔子粗暴地把她拉了过来：

“向前走！向前走！”

时间已经很迟了。在这个附近一带人人害怕的强徒的恐吓下，她继续向前走着，孩子没有了，筐子也没有了。那个老妇人用手指画了个十字，急忙地回家了。

在白茫茫的路上，那些回邻村去的妇女们正像移动着的细点，使人分辨不出是什么来。灰色的暮霭落下来，笼罩在田野上；树林带上了幽暗的青灰色，在头上，紫色的天空里闪烁着几点最早出现的星星。

他们默默地走了几分钟。最后那个寡妇下了决心坚强起来——这是恐怖的结果——停下了脚步……他在这里可以同在其他地方一样地跟她解释的。玛丽爱达的腿哆嗦着，她结巴地说着，不敢抬起头来，这样可以避免看见她的小叔子。

远处车轮轹轹地响着。有许多被回声所延长的声音在田野上传布着，打破了黄昏的沉寂。

玛丽爱达焦急地看着路上。一个人也没有，只有他们两个。

德莱老是带着那种恶意的微笑，慢慢地说着……他要对她说的话便是叫她做祷告；假如她怕，她尽可用围裙遮住自己的脸。这个害死像他那种人的哥哥的女人是不容许免罪的。

玛丽爱达不由得向后退缩了一下，带着那种在极大的危险中震醒过来的人所有的恐怖的表情。在他们走到那个地方以前，在她的被恐惧所搞混乱了的脑子里就早已想到了一些最不堪设想的粗暴行为，想到：可怕的棒击，她的受伤的身体，她的被拔落的头发。可是……蒙着脸做祷告来等待着死亡！而且这种可怕的事情在他竟说得那么冷酷啊！

她战栗着，恳求着，说了一大阵的话企图说软德莱的心。人们所说的完全是谎话。她是全心全意爱他可怜的哥哥，她永远地爱他。他所以会死，就因为他不肯听她的话。她没有勇气跟他冷淡，没有勇气逃避一个热情的人的拥抱。

那个强徒听着她说话，他的微笑越来越显明了，最后变成了怪相，他说：

“住嘴！巫婆的女儿！”

她和她的母亲将可怜的伯拜特活活地弄死，这已是人人知道的事了。她们使他喝了毒药，断送了他的性命……而且假如他现在听信她的话，她也能同样地迷住他。偏不如此！他是不会像他那个傻瓜哥哥那样容易受她的欺骗的！而且，为要证明他有豺狼般只爱血的那种狠心肠，他便用他那只露骨的手抓住了玛丽爱达的头，把它抬起来仔细地看，毫无情感地默看着她的惨白的脸儿，她的漆黑有神的，从泪水中闪耀着的眼睛。

“巫婆……毒人的！”

他看上去又矮小又瘦弱，却一下就推倒了这个强健的，这个身体长大而结实的女人，使她跪在地上，他又退后在腰间寻找“家伙”。

玛丽爱达是没有命了。路上一个人都没有！远处老是那种叫声，同样的车轮轹轹声！青蛙在附近的塘里咽咽地叫着，蟋蟀在高堤上鸣着，一只狗在村庄的最后几所屋子边凄惨地号着。田野消失在暮霭中。

眼见只有自己一个人，断定死神已在面前，她一切的骄傲都消灭了。她觉得自己那么软弱，正像当她幼小的时候挨到了她母亲的打一样：她便啼哭了。

“杀死我吧！”她呻吟着说，把黑围裙蒙到自己的脸上，再把头裹起来。

德莱走到她的身边，若无其事地手里拿着一支手枪。他还从黑色的头巾后面听到他嫂子的声音，女孩子的啼哭声音，在央求他快快了事，不要使她太痛苦；在这些央求中还夹杂着背诵得很快的祷告声。他在那个头巾上找了一处地方便镇定地接连开了两枪。

在弹药的烟火里，他看见玛丽爱达好像有一根弹簧把她弹起来似的，站了起来，随后又倒了下去，两条腿被垂死时的痉挛抽动着……

德莱始终很镇定，表现出不怕一切，假如风声不好的时候大不了避到山上去的那种人所有的样儿，他回到邻近的村落去找他的侄儿。当他从惊惶的老妇人怀里把那孩子抱过来的时候，他差点哭了出来。

“我的可怜的孩子！”他吻着他说。

他的良心已经得到满足了，他的灵魂中充满了欢乐，他很自信已经给孩子做下了一桩大事！

墙

伊巴涅斯

每当拉包沙老爹的孙儿们和寡妇迦斯保拉的儿子们在郊野的小径上，或是在刚巴纳尔的街上碰到的时候，所有的居民都要提起那桩事变。他们互相蔑视……他们互相用目光侮辱！……这是没有好结果的，而且当人们将那桩事变刚好有些儿淡忘的时候，村子里便又会发生一件新的不幸的事了。

法官以及那些别的重要人物都劝这两家世仇的青年人言归于好；而那位教士，好上帝的一个圣徒，却从这家跑到那家，劝他们忘记了从前的耻辱。

三十年来，拉包沙和迦斯保拉两家的仇恨把刚巴纳尔都闹翻了。差不多就在伐朗西亚的城门边，在这个河边的微笑的小村落里——它那尖顶钟楼上的那些圆窗好像在看着那个大城市——这些野蛮人带着一种完全是非洲人才有的恶感，不断地掀起新的，在中世纪意大利的大家族间酿成不和的有历史性的争斗和暴力行为。最早，这两家原是很好的朋友。他们的屋子，虽然门是开在两条街上的，却相连在一块儿，只隔着一座分开两家的后院的低墙。有天夜里，为着一个灌溉方面的问题，迦斯保拉家的一个人挨到了拉包沙老爹的一个儿子的一粒枪弹，挺在郊野里死了。他的弟弟不肯让别人说他家里已经没有男子，守候了一个月后，他终于在那个凶手的眉间也射进了一粒子弹。从此以后这两家的人只是为了要弄死对方的人而生活了，他们都忘了种地，只想趁对方不注意的当儿干一下。有时候在大街上就开枪了，有时候当仇家的人夜晚从田野回家的时候，就在灌溉用的水道旁，密丛丛的芦苇背后或是在堤岸的阴影里可以听见枪声和看见那种凄惨的微光。有时是一个拉包沙家的人，有时是一个迦斯保拉家的人，在皮肉里带着一颗子弹，出发到墓地去了！复仇的渴望非但不能解掉，反而一代一代更厉害起来；简直可以说，那两家的孩子一从娘肚子里出来，就都会伸手要枪去杀他们仇家的人。

经过了三十年的争斗以后，迦斯保拉家只剩下一个寡妇跟三个儿子，三个肌肉发达的孩子，都像塔一样结实。在另外的一家里只有那个拉包沙老爹，一个八十岁的老头子，不动地坐在他的圈椅上，两条腿已经不能活动了。这是个心里怀有仇恨，面上起了皱纹的偶像，在这个偶像前，他的两个孙儿立誓要维持他们家庭的荣誉。

可是时代已经变了。现在他们要在过大弥撒以后在空场子上打架是不可能的了。宪兵们眼睛不离开他们，邻居们监视他们。而且，他们中间的任何一个人只要在小路上或是路角上停留几分钟，他便立刻会发现自己被一些人团团围住，劝告他不要动手了。这种防备渐渐地变成了恼人的，而且像一个不可克服的障碍似的隔在他们中间，叫他们感到很讨厌，迦斯保拉家和拉包沙家的人临了就不再你找我，我找你了，甚至有时他们偶然相遇也要互相避开了。

为着要互相避开，互相隔离，他们便觉得那座分开他们后院的墙是太低了。他们两家的鸡，飞到了木柴堆上，在堆积在那座墙上一捆捆的葡萄藤或者荆棘的顶上亲热得就跟亲兄弟一般，两家的妇女们就都在窗边互相做着蔑视的手势。这简直是不能容忍的。这几乎也成了家庭生活的一部分了。在跟母亲商量过以后，迦斯保拉家的儿子们便把墙加高了一尺。他们的邻居立刻表现出他们的蔑视来，也用石块和石灰把墙增高了几尺。因此，在这种循环不息的默默的仇恨的表现中，墙便不停地升高起来……窗子已经看不见了，就是屋顶也给遮住了……那些可怜的家禽，在这座将它们的天遮掉了一部分的高墙的凄凉的阴影下战栗着，它们忧愁而窒息地啼着，喔喔的啼声越过这座好像是用牺牲者的血和骨头盖起来的墙……

有一天下午，村庄里的钟报告着火警。拉包沙老人的屋子失火了。他的儿孙们都在郊外的地里，有个孙媳妇去洗衣服了。从门缝和窗缝里透出一阵阵着火的干草的浓烟来。好个祖父，可怜的拉包沙在这火势猖狂的地狱里不能动弹地坐在他的圈椅上。他的孙女拔着自己的头发，为了这场灾祸都是她不小心的原故；人们在街上来往地奔走着，都被这场猛烈的火吓住了。有几个比较胆大些儿的人上去把门打开了，可是在那种向街上直冒火星的黑烟的旋涡跟前仍旧都只好缩了回来。

“我的爷爷！我的可怜的爷爷！”拉包沙的孙女叫喊着，徒然地看来看去想找一个能够打救他的人。

那些旁观者都给吓得目瞪口呆了。倒好像他们是看见那座钟楼向着他们走来了似的。三个强健的孩子冲到着火的屋子里去了。原来就是迦斯保拉家的三个孩子。他们互相递了一个眼色，于是一句话也不说，像壁虎一样冲向那浩大的烟火里去。当群众看见他们，他们又现身出来像迎神赛会似的把那坐在圈椅里的拉包沙老爹高高地抬了出来的时候，便都喝起他们的彩来。他们把老人放下，简直连看也不看他一眼，立刻又重新冲到猛火里去了。

“不要去了！不要去了！”人们喊着。

可是他们呢，他们微笑着，老是冲进去，他们要把他们能救出来的都救出来。假如拉包沙老爹的孙子们在那儿，那么，他们，迦斯保拉家的人是不会来的。可是这是为了一个可怜的老人的关系，他们有勇气的人是应当来援救他的。这时候是轮到抢救家具了。人们看见他们隐没在浓烟里，又在雨一般的火星下像魔鬼似的活动着。

不久，这群人看见两个哥哥把弟弟抱在臂间从屋里穿出来，便大叫起来，一块厚厚的木板掉了下来。把他的腿打断了。

“快，拿张椅子来！”

那一群人，在匆忙中将那位拉包沙从圈椅里拉了下来，腾出那张椅子来给那个受伤的人坐。

那人烧焦了头发，被烟熏黑了脸的青年微笑着，忍住使他的嘴唇抽搐着的剧痛。忽然他觉得他的手被一双老人的战颤而粗糙的手抓住了。

“我的孩子！我的孩子！”拉包沙老爹悲哀的声音呼唤着，他一直爬到了他的身旁。

而且还不等那个受伤的人摆脱了他，那个中风的人用他的没有牙齿的嘴，找着那只他所握住的手吻了许多时候，还流下了许多眼泪。

整个屋子都烧毁了。当泥水匠被雇来另造一所屋子的时候，拉包沙的孙儿却偏不先出清那片堆满了焦黑瓦砾的土地。在准备一切之前，他们须得要干一件最紧要的工作：应该打倒那座该死的墙！手里握着鹤嘴锄，他们亲自来动手开工……

三多老爹的续弦

伊巴涅斯

一

培尼斯慕林是一个在伐朗西亚海岸上的睡梦中的西班牙村子。在一片橄榄树和葡萄园多得数不尽的大地上，有像鸟儿停着休息般的雪白的墙垣跟乌黑的屋顶，有一座教堂的盖着红瓦的钟楼。这是一个摩尔人的村子，还遗留下颓废的，古老的城墙。培尼斯慕林！一个像西班牙所有的村庄一样的村庄——一个退步的，沉闷的，不变的，图书般的村庄——是偏见和传说，如火的热情和不死的仇恨的出产地。什么世界大事，生活简单的乡民是一点也不管它的；他们只知道自己的爱情，怨恨，和互相发展着的你争我夺的野心。培尼斯慕林——是玛丽爱达，地痞多尼，三多老爹，和几千个像他们一样的人物的家乡。

二

三多老爹已经将他要做的事情宣布了。他快要第二次结婚了。

你要是想明白这一种混乱的情形，这一件在培尼斯慕林发生的新闻，那么就应当知道，这一个死了老婆的人，三多老爹是那个地方纳税最多的公民领袖；并且还应知道，那未来的新娘就是村里的美人玛丽爱达，不过她是一个车夫的女儿。她的嫁妆呢？啊，这就是她的嫁妆：一张迷人的、褐色的脸儿，一双像宝石样的在长长的睫毛下面闪着光的、乌黑的眼睛，一缕缕用小木梳梳到鬓边的煤一般黑的、明亮的鬈发。

整个培尼斯慕林的人都诧异得了不得，愤怒得了不得。人人都谈起了这一件事情。到了那么大的年龄，却还会去娶这么一个小娃儿！世界可不是变了吗？那么三多老爹，他是半个镇上的产业所有者；在地窖里有一百桶好酒，在谷仓里有五头骡子！这些东西都要给谁拿去了？不是一个大家的闺女，却是一片路旁的破瓦——玛丽爱达是一个车夫的女儿，那个小东西从前过的是偷盗的生活，如今长大了，却很情愿在别人家里帮帮忙，混口饭吃！况且多玛莎夫人，三多老人的第一个妻子，她是怎样的一个人呢？她拿来了马育尔街的住宅和她的田地都给了她的丈夫。在她活着的时候，她还在那一个寝室里置办好了一切她引以为傲的家具。现在这些东西可都要送给一个街上的流浪人——从前她为了基督的慈悲，还常叫那个家伙到厨房里来吃饭呢——想到了这事情，她可不要在坟墓里跳起来？

年纪到了五十六，还要为爱情而结婚！这个老傻子可不是疯了？你看他，那女子无论说一句什么话他都同意，脸上还露着愚蠢的笑容，在两道浓眉下面给人勉强看得出来的灰色的小眼睛里还显着有病的闪光呢！

培尼斯慕林人讨论了一星期之后，便断定三多老爹是已经疯了。礼拜天看见了教堂里挂出来的结婚公告时，他们几乎要骚动起来。那儿还有几个多玛莎夫人家里的男人。望过了弥撒以后，他们咒骂得多厉害！是呀，这简直是明目张胆的抢人，先生。多玛莎把所有的产业都给了她丈夫，因为她以为他是永远不会把她忘却的，他会永远地对她的记忆很忠实的。现在那个老混蛋是干的什么事？拿一切产业完全去交给另外一个女人——一个那么年轻的女人！他是五十六岁了！这一种事情会在世界上发生，那简直是“王法”也没有了！告他的状，将嫁妆争回来吧？这样要好得多！但是照了维山德那位牧师所说，现在的法庭是靠不住的了。要是加洛斯先生当权，那么……或许！

那些人都自以为直接受到了这种已经提出了的婚姻的伤害，因此都在街头的咖啡店里叽咕着；每一个人都叽咕着，连那些有钱人家的女儿也免不了——她们都很愿意拿她们美丽的嫩手献给那个衰老的夏洛克，现在可不忍看见他将财产都给了一个流浪人。

而且全城的人都知道，玛丽爱达还有一个爱人。那个地痞多尼小时候也像她一样的是一个流氓；近来是做了一个酒店附近的游民，到现在他还一心一意地爱着她。其实，只要等到那个地痞能做一点工，能丢开他所结交的那般朋友的时候，这一对废料便可以结婚了。因为多尼最亲密的朋友就是从邻近村上来的，名字叫做提莫尼的那个风笛手。那人每星期至少要来看他一次，他们两个碰到一块儿便会同到什么小酒店去畅饮一番，随后便去睡到什么人家的谷仓里。

多玛莎夫人的亲属忽然看中了这个地痞。他们觉得这一个镇上的游民是可以替他们报仇的。另外那些有点儿身份的人，从前是永没有弯下身来和他说过一句话的，现在却也到他常在喝酒的地方去找他了。

“怎么说，痞子？”他们开着玩笑地问，“他们说玛丽爱达快嫁人了！”

那地痞在他站着的地方踏了踏脚，摸了摸他丢在膝上的那一件闪光的外衣，将他的烟卷儿移到了那一面的嘴角，又对放在面前的那一杯酒望了一会儿。

后来他耸了耸肩膀。

“他们这么说！……好，我们看着吧，混蛋！那个老头子不要吹牛，他还没有拿到这块熏肉呢！”

因此，人人都断定一件有趣的事情快要发生了。三多老爹是一个有钱有势的人。在选举的时候他可以说一句话。他跟伐朗西亚当权的人们也是很有联系的。他自己也当过几次市长。他曾经多次地在大街上举起沉重的手杖来打身体比他强壮的人，由于他们阻碍了他的路。

地痞多尼的胡说，他当然一句也不会放在心里。全市的人都拿得稳，培尼斯慕林一定会闹出事来。

三

三多老爹从没有将事情只做了一半就丢开的。在签婚约的日子快到的时候，这一种情形是很明显的。因为他的新娘没有嫁妆，他就自己给了她一份——价值三百两黄金，婚衣，指环，梳子，和一切属于多玛莎夫人的家具还都没有算在内呢！村里的姑娘成群地赶到玛丽爱达住的那个地方去——一间破败的小屋，天井里有一辆车，马房里有三匹没有喂饱的小马。她的父亲，那个马夫就住在这个和伐朗西亚大路上最后一间屋子离得很远的地方。她们，有的搀着手，有的把手臂环抱在别人的腰上，在堂前一张大桌子的四边走着；她所有的结婚礼物全都陈列在那儿。

好东西真多！手巾，台布，手帕，绢布，下衣，裙子，绸缎和亚麻布，上面缀绣着简写的字母和各种花样，依照大小排成一堆，几乎要碰到了天花板！三多老爹所有的朋友和他养着的闲汉都想起了这幸福的一对。在许多的器皿，镀银的刀叉，那地位低一点的人送给新房里的磁质水果盘这一类的东西中，还有一对美丽的烛台，这是一位侯爵送的礼物——那位侯爵是那地方上的政治领袖——三多老爹称他为西班牙最大的人物——每次地方上发生了要选侯爵到议会去担任议员这一个问题的时候，三多老爹总要代他指挥一切，或者为他筹划攻击别人。在房间里最显著的地方，在一个架子上放着新娘的珍宝，一对珠耳环，许多别在头发上或者胸口上的别针，金边梳子，三支镶珠的长发针和金链条；这金链条是培尼斯慕林人常说起的东西，因为这是多玛莎夫人在京城的第一家大铺子里花了十四个都孛龙才买到的！

“你真好福气！”大家都怀着妒忌的心情对玛丽爱达这么地祝贺着她的幸运，但是她听了，却含羞地红起脸来；她的母亲，一个工作过度的，病态的老农妇，却窘得一个人在那儿悄悄地淌着眼泪；那个车夫踱来踱去地紧跟着三多老爹，他对于他未来的女婿的宽大，竟想不出一句谦虚的，感恩的话来。

那个晚上，婚约便要在车夫的家里宣读而且签字了。证婚人呼良先生在太阳下山的时候，便带了他的书记，坐了一辆二轮车赶到了那儿，衣袋里插着一个便于携带的长墨水瓶，手臂下挟着一卷贴好印花的公文纸。

厨房里特地放好了一张桌子，一座四叉的烛台上点起了火，证婚人骄傲地走了进来。一个多么博学的，一个多么教人忘不了的，熟悉法律的代表人物！呼良先生用土话来读着那原文，在夸大的，法律的辞句上他还加了好多他自己的解释。你看这位滑稽的人物，这么地穿着黑的长褂，生着一张骄傲的，剃得精光的脸儿，可不是像位教士！这一副眼镜还有什么用处呢，倘若他老是将它高高地搁在额头上？

证婚人念着又念着，他的书记便写着又写着；那支笔在粗糙的，贴好印花的纸上嗖嗖地响个不停。那个时候，助理牧师和两家的朋友都来到了。在堂前的桌上，拿开了那些结婚的礼物，却放上了许多糕饼、糖果，还有馒头、苦杏子和一瓶瓶的甘露酒——有玫瑰的，也有樱桃汁的。

"阿嘿！阿嘿！阿嘿！"呼良先生咳嗽了好多次，从座位上站了起来，摸了摸自己的闪光的长褂，压住了带子把它朝前拉低了一点，又到前面去拿起了一张写好字的纸来。一粒粒的沙泥从那新鲜的纸张里掉到了桌上。

念到了新郎的名字，他故意地皱了皱眉毛，引得三多老爹忍不住首先狂笑起来。念到了玛丽爱达的名字，他又从桌边站开了一些，让出了地位，模仿着舞场里的旧式油头粉面的舞客的那种模样，深深地鞠了一躬，这样又引得大家都笑开了。但是他读到了婚约里的条文——说起了都孛龙、葡萄园、房产、田地、马匹、骡子这一类东西的时候，贪心和妒忌使那些乡里人的脸都发黑了。只有三多老爹独自个在那儿微笑——那些人一定会知道他是多么有钱有势，知道他对待那选中的女人是多么好，想起了这些事情，他便觉得非常地满意。玛丽爱达的父母忍不住要掉下眼泪来。他这种行为，岂但是大量而已！他们的邻人一致会心地点着头儿。真的，你可以将女儿托付给这么的一个男人，用不到半点迟疑！

签字的手续完毕之后，就摆起小酌来。呼良先生夸耀着他出名的老牌滑稽和一肚子的故事，恶意地用胳膊肘去撞着助理牧师维山德先生的胸骨，还跟那个严厉的禁欲主义者特地计划着举行婚礼那一天的可怕的狂欢。

到了十一点钟，什么事情都结束了。助理牧师走了出去，一边在埋怨自己，为什么弄得这么迟还不去睡。市长也和他同时走了。最后，三多老爹便和证婚人以及他的书记一同立起身来。他已经邀过他们今夜在他家里住宿。

玛丽爱达房子外面的道路是非常地黑暗，黑暗得像在没有月亮夜里的旷野上一样。那些镇里的屋顶上面有繁星在青天的深处闪耀。有几只狗在谷场附近狂叫。村庄是睡着了。

证婚人和他的两个同伴很留心地走着前去，在这些生疏的路上，留心着不要给石子绊倒了。“哦，纯洁的玛利亚！”一个粗糙的声音远远地在喊着。“十一点钟——一切多么地好！”守夜人这时候正在那儿巡逻。

在这种墨一般的黑暗里，呼良先生觉得心上起了一种不安的感觉。他觉得在玛丽爱达家去的那条大路的角落里，看见了可疑的暗号。好像有人守在她门边。

“看哪，看哪！”

突然有件东西爆裂开，接着便是一阵粗糙的，像人们私语般的声音。从那角落里，好像有浓密的火焰穿过空气直射出来，扭着，绞着，迅速地飞舞着，那位证婚人给吓得头发都竖起来了。

放焰火，放焰火！这是什么玩意儿！证婚人倒下在一间屋子的门口，他的助手也害怕地跌倒了。火球打着了他头顶上的墙壁，又跳到了街道的那一边去；过了一会儿又来了，飞过来的时候还嗤嗤地响着，最后才爆裂起来，声音响到几乎要震聋了耳朵。

三多老爹却一点也不怕地站在街道的中间。

"啊，上帝呀上帝！我知道这是谁玩的把戏！你这个混账的囚犯！"

他找到角落里，举起沉重的手杖来想要打下去；在那儿，当然的，他可以找到那个痞子，和一群他的前妻的亲属！

四

从天亮起，培尼斯慕林的钟声就在那儿响了。

三多老爹快要结婚的消息传遍了整个地区，从各方面都有亲友赶来。有的骑着将颜色花哨的被盖做鞍子的耕马，有的把他们的全家老小都用车子装来了。

三多老爹的家里，已经有一个星期谁也没有好好地休息过一会儿了，现在又要做一个喧哗、拥挤的中心点。在这个快乐的时节，几里路附近的最出色的厨娘都给召集了拢来，在厨房和天井里进进出出地走动着，卷起了她们的衣袖，束高了她们的裙子，露出了她们的白裤子。一捆捆的木柴在近火的地方堆叠了起来。村里的屠夫正在后天井里杀母鸡，将那个地方铺成了鸡毛的毯子。家里多年的女仆巴斯刮拉老妈妈正在那儿破小鸡，从它们的肚里挖出肝脏、心脏和鸡肫来做酒席上用的最鲜美的酱汁跟精美的小吃。有钱是多么幸福！那些客人大部分是穷苦的农民，他们年年只够得上吃很有限的地货，现在想起了一整天的大吃大喝，嘴里都禁不住流起口水来。

这许多好吃的东西在培尼斯慕林的历史上是从来没有见过的。在一只角上，新鲜面包堆得像一高特的木料那么多。一盘盘的山蜗牛不住地拿上大炉子去煮。在食橱里放着一个盛胡椒的大锡盒子。啤酒坛一打一打地从地窖里搬出来——大坛子盛着预备在席上用的红酒，小坛子盛着从三多老爹著名的酒桶里取出来的，白色的烈性酒，这些东西就是在那地方最会喝酒的人看来，也嫌太多了。说到糖果呢，当然也一篮篮地装了不少——硬得像枪弹一般的糖粉球；三多老爹看着这一种热闹的场面，心里有了一个残酷的想法，停一会儿那些少年人争夺起来的时候，这么硬的糖球可不要在他们的头上打起包块来！

啊，事情很顺利！什么东西都准备好了！什么人都到了！连那个风笛手提莫尼也早已到了——因为三多老爹想着在那一天大大地热闹一下，什么钱也不打算节省；他想起了音乐，便吩咐他们要让提莫尼喝一个畅快：这是人人都知道的，他喝醉了酒，奏起乐来便会特别的好。

教堂里的钟声停止了。行礼的时候快到了，婚礼的行列正向着新娘的家走去；女人都穿着最漂亮的衣裙，男子都穿着外面加上蓝背心的礼服，用着一直盖到耳边的高高的硬领。从玛丽爱达家里出来，他们又回到教堂里。带头的是一群跳着舞，翻着筋斗的孩子。提莫尼在他们中间吹着风笛；他抬起了头，将他的乐器高高地举在空中，看去活像是一个长鼻子在仰天吸气。其次便是那结婚的一对，三多老爹戴着一顶新天鹅绒帽子，穿着一件长袖子的外套，腰身似乎太小了一些，还有绣花的袜子和全新的靴子；玛丽爱达——啊，玛丽爱达！她是多么美丽！伐朗西亚没有一位姑娘比得上她！她有一件很值钱的镶边小外套，一件垂着长须头的马尼拉坎肩，一条衬着四五条衬裙的丝裙，一串拿在手里的珠子，一块代替胸针的大金片，此外，耳朵上还戴着多玛莎夫人以前戴过的明珠。

全村的人都等候在教堂前面——有几个多玛莎夫人的亲属为好奇心所驱使，也来到了那儿，虽然他们族里已经议决绝对不参加这一次的婚礼。可是他们只站在背面，踮起了脚尖在看那行列走过去。

“贼！贼额！真是个贼！”那被触怒了的一族中有个人在新娘的耳朵上看见了多玛莎夫人的耳环，便这么地喊了起来。但是三多老爹只微微笑着，好像是很满意的样子。于是行列便走进了教堂。

那些在外面看热闹的人从街坊对面将眼睛移到了屋子里。那个风琴手提莫尼却已经走了开去，好像不愿意听那教堂的风琴来和他的音乐竞争似的。可是他碰见了谁？来的正是地痞多尼跟他的几个喜欢捣蛋的朋友！他们几个人占据了一张桌子，坐在那儿眨眼睛，扮鬼脸。全是些镇上的讨厌东西！一定要闹出乱子来了！妇女们都交头接耳地不知道在说些什么话。

但是瞧瞧！他们又离开了教堂！提莫尼从那一张摆在路旁的桌子边站了起来，奏着皇家进行曲，从街坊对面回过来了！全村的无赖似乎都从什么垃圾堆里跑了出来，围绕在入口处，“杏子！杏子！给我们些糖果！”

“要杏子，要糖果。”三多老爹自己拿起了那些东西丢过去，许多客人也照他的样儿乱掷起来。很硬的糖球从那些顽童的比糖球还硬的头上弹了开去，于是争夺在灰堆里开始了。当护送新娘新郎回家去时，一路上糖果的炮弹还是打个不休。

到了酒店的前面，玛丽爱达忽然低倒了头，她的脸儿都变色了。地痞多尼正坐在那儿。三多老爹看见了他，脸上表现出胜利的笑容。那个痞子却只做了个下流的姿态来回答他。他是多么可恶，那个姑娘想，竟敢在她可以骄傲的日子，做出这些讨厌的事情来!

在多玛莎夫人的旧住宅里，如今可说是三多老爹的家里，火热的巧克力茶已经在等候着了。“要注意，不要吃得太多——到吃饭的时候还只有一个钟点了!”证婚人呼良先生高声地喊着；但是群众可早已冲到了糖果面前，不一会儿，那足够放得下一百把椅子的大厅里的桌上，已经给扫得一空。

这个时候，玛丽爱达已经走到了新房里，这就是那一间出名富丽堂皇的，从前是多玛莎夫人很引以为傲的卧室。她在那儿脱去了婚服，换上了一件轻便些的衣裳。不久她又回到了楼下，穿的是一件短袖的便衣，多玛莎夫人的珠宝闪耀在她的手臂上，在她的胸前，在她的颈项间，在她的耳朵边。证婚人是在那儿和刚从圣房里赶到的助理牧师闲谈。客人都走到了天井里，他们都想挤到厨房里去看这一次大宴会的最后一刻钟的准备。提莫尼用尽了气力地在吹他的风笛。一大群的顽童还是在外面喊着，跳着，挑引他们再来抛杏子；偶然有几把扔出去的时候，便你争我夺地闹了起来。

“就是巴尔夏查尔也没有举行过这么一个宴会。”这是助理牧师就席的时候所发表的谈论；那位证婚人呢，他当然不愿听到别人的知识比他还要丰富，便说起了一个名字叫做加马曲的人的婚筵，这是他在一本书里看到的。那位证婚人决不下到底塞万提斯是个议员呢，还是《圣经》上的一位先知！天井里还有别的桌子，这是给那些比较不著名的客人坐的。提莫尼是在这一堆人物里，他时刻刻地在那儿招呼侍者给他斟红酒。

菜是整锅地端上来的，一块块的鸡肉多得几乎像是浮在上面的，酱汁里的米粒一般。那些乡下人也像绅士一般地吃着，他们这一辈子恐怕还是第一次吧！并不是用刀叉在一个公共的锅子里乱抢，却每人都有自己的碟子和盘子，此外每人还有一块餐巾。同时，那些乡里人还要做出客气的样儿来。“试试这第二道大肉片吧。”朋友们会隔得远远地这么互相招呼着，大肉片便挨人传递过去，一直到完了为止。于是有人便会满意地点着头，微微地笑着——似乎这第二道大肉片是特别比旁的几道菜好的那种样子。

玛丽爱达坐在她丈夫的身边，却吃得很少。她脸色灰白，痛苦的思想使她皱拢了眉头。她神经过敏地呆看着那扇门，好像地痞多尼随时都会在那儿出现似的。那个流氓什么事儿都干得出来！她向他告别的那一晚上，他骂得她多厉害！照理，她应该想念他——应该懊悔自己自私自利为了金钱而结婚。但是很奇怪，她对于痞子的妒忌却相反地觉得有几分满意。他爱她！想起这件事来是很有趣的——现在他是被遗忘了。

盘子渐渐地空起来。煮肉已经吃完了，炙肉也都装进了那些贪吃者的喉咙了。现在来装点这个宴会的便是粗俗的玩笑和戏谑。有几个客人喝醉了酒，竟僵了舌头，大胆地跟两位新人调笑起来。这样便引起了三多老爹满意的笑声，同时却使玛丽爱达窘得涨红了她原本是浅褐色的脸儿。

上最后一道菜的时候，玛丽爱达站起身来，手里托着一个盘子，沿席面地环绕过去。赠送新娘的零用钱！她用了小姑娘般的声音请求着。于是都孛龙，半都孛龙，和各种名称的金币纷纷地落进盘子里去。那些新郎的亲属给得特别多，因为希望他在遗嘱上不要忘了他们！

助理牧师可只拿出了两个贝色达，推说在这个自由主义的时代，教会真是穷不过来。

玛丽爱达走完了之后，便将盘子里的钱币都叮叮当当地倒进了袋子里去：这是多么好听的声音哪！

现在这个宴会真可以算得是个宴会了。许多人同时都说起话来。外边的人们也都拥到窗边去看这快乐的一群。

“蓬啪！蓬啪啪！”

听见了这个敬酒的信号，大家都静了一会儿。那个喜欢开玩笑的人摇摇摆摆地站了起来：

敬一杯新娘，

敬一杯新郎，

下次再邀我，假使还有这辰光！

那一群人便大声地呼喊着，也不觉得这一种调笑在他们祖父的时代已经要算是太旧了：

“曷衣搭儿！……曷衣搭搭搭儿！”

于是每一个人便轮流地跳起身来，唱着诗，说着那“快乐的一对”的笑话；后来笑话是愈说愈下流了，害得助理牧师不得不逃上楼去！妇女们是聚集在隔壁一个房间里。

有一个人忽然高兴得不由自主了，竟将酒杯打碎在桌上。这正是一个开始炮击的信号。客人们把所有的碗盏都打破在地板上，于是向三多老爹抛着面包块，糕饼，杏子，糖果，最后便抛着瓷器的碎片。

“算了，我说算了吧。”玩笑真个开得太不成话了，新郎便喊了起来，“算了吧”！

但是那些人都喝醉了酒，正想大闹一场。他们攻击得反而厉害了。助理牧师跟妇女们吓得都赶下楼来，以为发生了什么大事。

“给我走开去，走开去！”三多老爹发起怒来。他挥动着粗重的手杖，将那些客人一个个地赶到了天井里！从那儿，石子和别的东西又纷纷地飞向窗边来。

“真闹得太不成话了！”

五

到了夜里，住在远处的客人提高了嗓子唱着歌，祝贺这对新人永远快乐，便陆续地先走了。后来村里人也都走上了黑暗的街道，在高高低低的铺道上，妇女们各自当心着她们七颠八倒的丈夫。证婚人已经在一个角落里睡着了，眼镜是架在鼻尖儿上；他的书记走去唤醒了他，将他一把拖出了大门。到了十点钟，只有两家的至亲还都留在那儿。

“宝贝女儿呀，宝贝女儿呀，”玛丽爱达的母亲在哭，“你去了！”照她那么可怜的样儿看来，或许你会当她的女儿快要死了呢。

那车夫可不是那么的样儿！他喝了太多的酒，只怀着戏谑的心情，不住地在反对他妻子的忧郁，“你从前不是这样的！我把你带去的时候，老太婆，你不是这样的！”后来他拉开了她们母女两个，也不管老太婆哭不哭，把她拖到了门边。

那个女仆巴斯刮拉妈妈也回到了她自己的阁楼里。这天特地雇佣的侍者和厨子都已经回家了。屋子里沉寂起来。只有三多老爹和玛丽爱达两个人还坐在依旧有许多烛光照耀着的，混乱的宴会室里。

他们静悄悄地坐了好一会儿——三多老爹在赞赏他已经得到的姑娘。她穿着棉衣，躺在长榻上是多美丽！又是多年轻啊！“和这个老傻瓜一块儿，真是倒霉！”玛丽爱达心里在那样想，同时地痞多尼的幻影还紧紧地在她眼前浮动。

远远地一座钟响了。

“十一点！”三多老爹说。他从椅子上站了起来，将那些宴会室里的烛火吹熄了，只剩下一支拿在手里，他说：

“现在是上床去的时候了。”

他们刚走进一间大卧室，三多老爹就停止了脚步。

房间周围突然大声骚乱起来，好像末日审判的时候已经到了培尼斯慕林。可怕的抛扔锡罐头的声音，猛烈地摇动几百个铃铛的声音，用棍子打板壁的声音，向屋子四面掷石块的声音，还有正打从卧室的窗口射进来的焰火的闪光。

三多老爹忽然想起了这些事情的用意。

“我不知道是谁指使的把戏嘛！即使这家人不怕坐牢，我也有办法可以立刻对付他！”

玛丽爱达听到了这些喧闹声，先是吓了一大跳，后来却大哭起来，她的朋友们已经警告过她了：“你嫁给那个死了老婆的人，到了那个时候你一定可以听见一支良夜幽情曲！”

啊，这真是一支良夜幽情曲！吵闹了一会之后，便听见了许多讽刺的诗句，接着又是喝彩声，狂笑声，还有伴和着一支风笛的歌声，这些都是在说明新郎的年龄、权利以及怪模样儿，暗示着玛丽爱达过去的生活，预言着将来和年老的丈夫在一起所能享受到的幸福！一个沙沙的声音在夸耀着和新娘过去的关系，玛丽爱达立刻就明白了这个情况。

“你这猪猡！你这恶狗！”三多老爹大骂着，在卧室里走来走去地跺着脚，举起了拳头在空中乱打，好像想把这些冷嘲热骂立刻都打死了的一样。

忽然他起了一种不可理解的好奇心。他定要看看，那些敢到他面前来放肆的人究竟是谁！他吹熄了烛火，从窗帘的一角窥望下面的街道。

好像全村的人都拥挤在近旁。沿铺道照耀着二十多个火把，什么东西都笼罩在青色的火光里了。第一行站着的是地痞多尼和多玛莎夫人所有的亲属。那一个在他家里快乐地做了一天客人的风笛手提莫尼也在里面！在他的口袋里，或许还剩着他在八点钟时拿到的钱呢！这坏蛋！这不要脸的东西！那些诗句或许大部分还是他编的呢！

三多老爹觉得自己干了一生的事业，现在轻易地从指缝中间就溜跑了。他可不是全镇的领袖吗？现在他们都很乐意地在那儿看着他丢脸，甚至还敢对他放肆起来，都只为了他自以为够得上娶这位美丽的姑娘的原故！他的血液——一个会得管理整个政治区域的，发出命令来总要别人服从的贵人的血液——在身上沸腾了起来。

又发生了一阵子摇牛铃、敲盆子的喧闹声。

那个痞子又喊起一些有关“美人和畜生”的诗句来，接着便是一首《三多老爹快要钻进坟墓去》的挽歌。

“介奇，介奇，介奇！”这是多尼从一首挽歌里摘下来做叠句的；大家听了，也跟着同样地唱了起来。

这个时候那流氓已经看见了三多老爹在窗口的脸儿。他从地上拾起一件东西，顾自走进天井去。这是一对缚住在一根棒上的大号角。他把它们举到了窗边。别的人抬了一口棺材进来，里面放着一个眉毛长到几码的木头人。

三多老爹又愤怒，又丢脸，给作弄得眼睛都花了；他退了下去，挨着墙壁摸到一个黑房间里去，拿到了他的枪，又回到了窗边来。他掀起帘子，打开了窗户，几乎是无目的地接连开了好多枪。

那一群人激动起来了，只听见一阵可怕和愤怒的叫喊。火把熄了，接着便是向各方面逃避的声音，同时有人叫着：

“行凶！杀人！这是三多！那个贼！杀死他！杀死他！”

三多老爹可没有听见。他坐在房间中央，手里拿着枪，昏乱得什么也想不起来。玛丽爱达已经吓倒在地上了。

“现在可住嘴了吧？现在可住嘴了吧？”他只是喃喃地说。

忽然传过一阵脚步声来，又有人在门上重重地敲着，说：

“开门，有公事！”

三多老爹这时才头脑清楚了。开了门儿，一队警察走进房来，他们的鞋钉在光滑的地板上踏得非常响。

三多老爹在两个警官中间走到了天井里，他看见地上挺着一个死尸。这正是地痞多尼，现在已经给打得像筛子一样。每一粒子弹都打中了他。

多尼的朋友全拔出了刀，围绕在那儿；提莫尼也在里面，他举起了风笛，想冲到三多老爹身边去。

但是警官将群众赶散了。三多老爹在他们中间走着，脑子又重新糊涂起来。

“多有趣的新婚夜！”他模糊地说，“多有趣的新婚夜！”

旧　事

艾　蒙

脸上带着勉强诚心的微笑，他们从咖啡店的小圆桌上互相望着；虽然他们在相逢的最初的惊讶中，已不假思索地又用了那种“你，你”的亲切称呼，他们却实在也找不出什么可以谈谈的话。

把手搁在分开着的脚膝上，挺直了肚子，谛波漫不经心地说：

“你这老合盖！你瞧！我们又碰头了！”

那个交叉着两腿，耸着背脊，缩在自己的椅子上的合盖，用一种疲倦的声音回答：

“是呀……是呀……我们已经有十五年没有见面了，可不是吗？十五年！真长远了！”

当他们说完了这话的时候，他们一齐移开了他们的眼光，凝望着人行道上的过路人。

谛波想着：“这家伙的神气好像不是天天吃饱饭似的！”

合盖偷看着他的旧伴侣的饱满的面色，于是他的瘦脸上便不由自主地显出了苦痛的形相。

大街上还有雨水的光闪耀着，可是云却已慢慢地飞散了，露出了一片傍晚的苍白的天空。在那在房屋之间浓厚起来的暗黑的那一边，我们几乎可以用肉眼追随那竭力离开大地的悲哀的表面，而钻到天空里去的消逝的残光。

隔着那张大理石面的小桌子，那两个男子继续交换着那些漫不经心的呼唤：

“你这老合盖！”“你这老谛波！”

他们于是又移开了他们的目光。

现在，夜已经降下来了。在咖啡店的热光里，他们无拘无束地，差不多是兴奋地谈着。他们在他们的记忆中把那些他们从前所认识的人，又一个个地勾引起来，每一个共同的回忆使他们格外接近一点，好像他们是一同年轻起来似的。

“某人吗？……在某地成了家，立了业……做生意……做官……某人吗？娶了一个有钱的太太，妆奁真不少，和他的岳家住在一起，在都兰……‘小东西’吗？也嫁了，不知道是嫁给谁……她的弟弟吗？失踪了。没有人听说过他的消灭……”

“还有那个马家的小姑娘……”谛波说，“你还记得马家的那个小姑娘吗……丽德……我们在暑假总和她在一起的。她已经死了，你知道这回事吗？”

“我早知道了。”合盖说，于是他们又缄默了。

大理石面的桌上碟子的相碰声，人语声，脚步声，大街上的喧嚣声：这些声音，他们一点也听不见了；他们不复互相看见了。一个回忆已把一切都扫除得干干净净；这是一个那么真实那么动人的回忆；从这回忆走出来的时候，人们便像走出一个梦似的伸着懒腰。一个大花园的，一个有孩子们在玩着的，浴着日光围着树木的草地的回忆……在那片草地上，有时他们有许多孩子，一大群的孩子，男孩子女孩子都有；有时却只有他们两三个人。可是那个丽德，那个小丽德，都老是在着的。丽德不在场的那些日子，是决不值得回想起来的……

谛波机械地拂着他膝上的灰尘说道：

“马家在那边的那个别墅真美丽。他们总是在七月十三日从巴黎到来，到十月里才回去的。你呢，你常在巴黎看见他们！可是我们这种乡下人呢，我们只每年看见他们三个月。”

“现在什么也都卖掉了，而且改变得连你认也认不出来了。当丽德死的时候，可不是吗，什么都弄得颠颠倒倒的了。在她嫁了人以后，你恐怕没有看见她过吧，因为她住到南方去了。她变得那么快，她从前是那么地漂亮的，可是当她最后一次来到那里的时候……”

“别说了！”合盖突然做了一个手势说，“我……我宁愿不知道好……”

在他往日的伴侣的惊愕的目光之下，他的苍白的脸儿上稍稍起了一点儿红晕。

“总是那么一回事。”他说，“我们从前所认识的女人们，小姑娘或是少女，而后来又看见她们嫁了人，或许生了儿女，那当然是完全改变了的。如果是别一个人，那是与我毫不相干的，可是丽德……我从来没有再看见她一次过，我宁愿不知道好。”

谛波继续凝看着他，于是，在他的胖胖的脸儿上，那惊愕的神色渐渐地消隐下去，把地位让给了另一种差不多是悲痛的表情。

“是的！”他低声说，“那倒是真的，她和别人不同，那丽德！她有点……”

这两个人静默地坐着，回到他们的回忆中去了。

那花园！……那灰色的石屋；后面的那两棵大树，和在那两棵大树之间的草地！草地上的草很长，从来没有人去剪。人们在那草地上追斑鸠。还有那太阳！在这时候那里是老有着太阳的。孩子们从沿着屋子的那条小路去到那花园里去，或是小心又急促地一级一级地走下阶坡，然后使劲地跑到那片草地上去。一到了那边，便百无禁忌了。人们好像走进了一个四面都有墙、树和那似乎在自己旁边的各种神仙等等所守护着的仙国中，便呼喊起来，奔跑起来；这是一种庆祝自由和太阳的沉醉的舞蹈，接着丽德站住了，认真地说：

“现在，我们来玩！”

丽德……她戴着一顶大草帽；这大草帽在她的眼睛上投着一个影子，而当人们对她说话，对她说那些似乎是非常重要的孩子话的时候，人们便走到她身边去，走得很近，稍稍把身子弯倒一点，又伸长了脖子，这样可以把她的那张遮在影子里的脸儿看得清楚一点。当她突然严肃起来的时候，便呆住了，向她伸出手去，看她是不是真的发了脾气；而当她笑起来的时候，她便有了一个预备做叫人喜从天降的事的仙子的又有点儿神秘又温柔的神气。

人们玩着种种的好玩的游戏。那游戏中有公主和王后，而那公主或王后，那当然是丽德。她终于不再推拒地接受了人们老送给她的那称号。她围着一大群的宫女，为怕那些宫女们嫉妒起见，她非常宠幸她们。有时候她柔和地强迫那些男孩子去玩那些“女孩子”的游戏，他们所轻蔑的循环舞和唱歌。起初，他们手挽着手转着圈子，脸上显出不乐意和嘲笑的神气。可是，因为尽望着那站在圈子中央的丽德，望着她的大草帽的影子中的皎白的脸儿，她柔和地发着光的眼睛，她的好像嘶嘴似的在唱着古歌的嘴唇，他们便慢慢地停止了他们的嘲笑，一边盯住她看，一边也唱着：

我们不再到树林里去

月桂树已经砍了，

那里的美人儿……

他们分散了，他们老去了，他们之中有许多人没有重逢过。可是，那在许多年以后重逢到的人们，却只要说一个名字，就可以一同勾引起那些逝去的年华和他们的青春的扑鼻的香味，就可以重新见到那个在屋子和幽暗的大树之间，在映着阳光的草地上朝见群臣的，妙目玲珑的小姑娘。

谛波叹了一口气，好像对自己说话似的低声说：

“人类的心真是一个怪东西！你瞧我，现在我已结了婚，做了家长！呃！在我想起了我们都还年轻的时代的那个小姑娘的时候，我便一下子又会想起了人们在十六岁的时候想起的那些傻事情：伟大的感情，堂皇的字眼，只有在书里看得到的那些故事。这些都是没有意思的；可是，只要一想到她，那便好像看见了她，于是那些东西便又回到你的头脑里来，简直好像是了不起的东西似的！”

他缄默了一会儿，好奇地望着他的伴侣说道：

“你！你准比我看见她的次数多，我可以打赌说那时候你有点恋爱她。是吗？”

合盖把肘子搁在膝上，身子向桌子弯过去，望着他的杯子的底。沉默了一会儿之后，他慢慢地回答：

“我既没有结婚，也没有做家长，你十六岁时所常常想起，而明智的人们接着便忘记了的那些事情，我却永远也没有忘记。

“是的，正如你所说似的，我曾经恋爱过丽德。现在，就是别人知道也不要紧了。别人所永远不会知道的，便是以前这事对于我的意义，以及它现在对于我的意义。在她只是一个小女孩子而我也只是一个小男孩的时候，我恋爱她；我们的父母一定是猜出这情形而当笑话讲。在她变成一个少女而我也变成了一个少年的时候，我恋爱她；可是那时却一个人也不知道。以后，在这些年头中，一直到她去世和她死后，我还那么地恋爱她；如果我要说出这种话来，人们是会弄得莫名其妙的。

“孩子的恋爱只能算是开玩笑，少年的热情的恋爱也不能当真。一个如世人一样的男子从那里经过，受一点苦，老一点，接着终于把那些事丢开了，而认真地踏进了人生之路。但是并不完全和世人一样的男子却也有，他并不走得很远。对于这种人，儿时和少年的小小的恋爱事件，却永远不变成人们所笑的那些东西；那是些镶嵌在他们生活之中的雕像，像龛子里的圣像一样，像涂着柔和的颜色的圣人的雕像一样；当人们沿着悲哀的大墙什么也找不到的时候，他们以后便又加到那里去。

“我以前老是远远地，胆怯地，怕见人地爱着丽德。在她嫁了人又走了的时候，这在我总之是毫无改变。我的生活那时只不过刚开始，那是一个艰苦的生活；我应该奋斗挣扎，我没有回忆的时间。再则，我那时还很年轻，我期待着在未来会有各种神奇的事物……好多年过去了……我听到了她去世的消息……又是几年过去了，于是有一天我懂得了我从前所期待的东西，是永远不会来了；我懂得我所能希望的一切，只不过是另一些悲哀而艰苦的刻板的岁月而已；一种没有光荣，没有欢乐，没有任何高贵或温柔的东西的，长期而凄凉的战斗；只是混饭而已；而我却把我的整个青春，把几乎一切的生气，都虚掷在那骚乱中了。

“我感觉到我以后永远也不会恋爱了。在生活下去的时候，我只剩了一颗可怜的心了；就是这颗心，也还一天天地紧闭下去。你听说的那些伟大的情感，堂皇的字眼，许多人们所一点也没有遗憾任其死去的那一切的东西，我觉得它们也渐渐地离开我；这便是最艰难的。我回想着往日的我，回想着我往日所期望的东西，我往日所相信的东西；想到这些都已经完了，想到不久我或许甚至回忆也不能回忆了，那简直就像是一个在第二次的死以前很长久的，第一次的可憎的死。我感觉到我以后永远也不会再恋爱……

“在那个时候，丽德的记忆才回到我心头来；那个戴着遮住眼睛的大草帽的，很幼小的丽德；那个和我们一起在那草地上玩耍的，态度像一个温柔的郡主的丽德；接着是那个长大了，成人了，温柔淑雅，而又保持着显得她永远怀着童心的那种态度的丽德。于是我对我自己说，我至少在许久以前曾经恋爱过一次，在我能回想起这些来的时候，我总还可以算得没有虚度此生。

“她属于我，像属于任何人一样，因为她已经死了！我退了回来，我重新再走往日的旧路，又拾起那些已经消逝的回忆，我对于她的一切回忆——许许多多的小事情，如果我把这些小事情说出来，人们是会当笑话的——而每晚当我独自的时候，我便一件件地重温着，只怕忘记了一件。我差不多记得她的每一个动作和每一句话，我记得她的手的接触，我记得她的被一阵风吹来而拂在我脸上的头发，我记得只有我们两人而我们互相讲着故事的那一天；我记得她的贴对着我的形影，她的神秘的声音。

“我晚间回家去；我坐在我的桌子边，手捧着头；我把她的名字念了五六遍，于是她便来了……有时候，我所看见的是一个少女，她的脸儿，她的眼睛，她微笑着伸出手来用一种很轻的声音慢慢地说‘日安’的那种的态度……有时候是一个小姑娘，在花园里和我们一起玩耍的那个小姑娘；这小姑娘使人预感到人生是一件阳光灿烂的东西，世界是一个光荣而温柔的仙境，因为她是这世界上的一分子，因为人们在循环舞中和她携手……

“可是，不论是小姑娘或是少女，她一到来，便什么也都改变了，在对于她的记忆的面前，我又发现了我往日的战栗，怀在胸头的崇高的烧炙，使人热烈地去生活的灵视的大饥饿，和那也变成宝贵了的可笑而动人的一切小弱点，岁月消逝了，鳞甲脱落了，我的活泼的青春回了转来，心的整个火热的生活重新开始了。

“有时她姗姗来迟，于是我便想起了一个大恐怖。我对自己说：这可完了！我太老了；我的生活太丑太艰苦，我现在一点什么也不剩了。我还能回忆她，可是我不再看见她……

“于是我用手托着头，闭了眼睛，我对我自己唱着那老旧的循环舞曲：

我们不再到树林里去
月桂树已经砍了，
那里的美人儿……”

“如果别人听到了，他们真会笑倒了呢！可是那‘那里的美人儿’却懂得我，她却不笑。她懂得我，小小的手里握着我的青春，从神魔的过去中走了出来。”

第三辑　书信

致赵景深（一）

景深兄：

请你活动的事不知已替我设法了没有，甚念。

我已于前天回杭州来了，在上海没事干，太没劲儿了。现在是躲在家里，整天吃饭睡觉吃西瓜而已。

London Mercury 一册奉还。已挂号寄出。

空了的时候请常常写信给我，我实在太空了。

望舒

三十日夜

致赵景深（二）

景深兄：

承赐大作《小说闲话》及卫聚贤君《薛仁贵征东考》，已于上月底收到。弟忽染时疫，几致不起，今日才能起床握管，特奉函道谢。卫君所考《薛家府演义》作者为赵炯，然弟觉甚为勉强。如照这样推测，则吾人颇有理由说《金瓶梅》为于慎行作，《今古奇观》为顾有孝所选，且理由比卫君充足也。《醉翁谈录》消息如何？承允赐大作何久不寄下，均请赐复。即颂

文祺

弟望舒

十一月九日

《北红拂记》已出版未？

致舒新城

新城先生赐鉴：

奉到大札，嘱译西班牙 Ayala 所著 *Belarminoy Apolonio* 一种，敢不从命。该书西班牙文原本已直接向原出版处定购，书到手后即着手编译，大约四月后，可以脱稿。至于译名，现暂照原名译为《倍拉卡米诺与阿保洛钮》。待全书脱稿后，再行酌改，较为妥善，未知先生以为何如。专此敬请

撰安

弟戴望舒上十五日

（一九三二年一月十五日）

致叶灵凤

灵凤：

几乎有半年没有见面了，你生活好吗？你或许要怪我没有写信给你，你或许会说我懒。但是这实在是冤枉了我。我在这里是一点空也没有。要读书，同时为了生活的关系，又不得不译书，而不幸的又是生了半个月的病，因此便把写信的事搁了起来。好在老兄是熟朋友，我想你总能原谅我的。

在《现代》中读到老兄的两篇大作:《紫丁香》和《第七号女性》，觉得你长久搁笔之后，这次竟有惊人的进步了。你还有新作吗？这两篇中，我尤其爱《第七号女性》这篇，《紫丁香》没有这一篇好。这是我的意见，不知你以为如何？

你给我的那张介绍片我尚未用，因为我没有到里昂去。或许下半年要去一趟。你有什么话要我转言吗？

知道你现在爱读 Heimingway，John Dos Passos 诸人的作品，我记得巴黎 Crosby 书店有 Heimingway 的作品出版，明后天进城去时当去买来送你，和《陶尔逸伯爵的舞会》第三次稿同时寄奉。

祝你快乐！

望舒

二十二年三月五号

（一九三三年三月五日）

致郁达夫

达夫兄：

前函已收到否？因为通邮不便，把什么事情都弄糟了。关于星岛日报事，已详前函。这里的经理是个孩子，性急，做事无秩序，所以什么都弄得乱七八糟。其实我也太把细，太要做得漂亮一点，而某一些人又无耻钻营，再加上道远音讯阻隔，结果造成了这个现在的局面。这里，我只得向他致万分的歉意。

《星座》的稿费始于十八日领到，我怕你也许要用钱，在十三号去预支了薪水在十四日寄你，这时想已收到了吧。这里的事什么都不顺手，例如稿费的事，纠葛就发生了不少，编辑部在七月三十一日就把稿费单发下去，会计部却搁到五六号才发通知单（而且不肯直接寄钱，要等作者寄回收据后才寄）。在本地的作者，竟有领到七八次才领到的（例如马国亮），不知是没预备好还是什么，今天发一点，明天发一点，最迟竟有等到二十一号才领到的（如叶秋原），使我们感到异常苦痛，自领的说我们侮辱他们，代领的更吃了挪用的冤枉，谁知道实际情形是如此。这月底以后，我决定和会计部办交涉，得一个妥善的办法，这样下去作者全给他们得罪到了（特稿稿费收据请寄下，我替你去代领寄奉）。

《星岛》是否天天收到？星座稿子很是贫乏，务恳仍源源寄稿，至感，至感。中篇小说究竟肯答应给我写否？因为看见你给陶公信上也说写中篇，到底是一个呢，还是两个？

家里孩子病还没有好，自已也因疲倦至而有点支持不下去，什么时候能过一点悠闲的生活呢！精神生活也寂寞得很，希望从你的信上得到一点安慰。即请俪安

望舒二十三日

映霞均此（如达夫离开汉寿，此信务烦转去）

行迹已决定后乞来示告知。

（一九三八年）八月二十三日

致艾青

……这样长久没有写信给你，原因是想好好地写一首诗给你编的副刊，可是日子过去，日子又来，依然是一张白纸，反而把给你的信搁了这么久，于是只好暂时把写诗的念头搁下，决定在一星期内译一两首西班牙抗战谣曲给你——我已收到西班牙原本了。

……诗是从内心的深处发出来的和谐，洗炼过的……不是那些没有情绪的呼唤。

抗战以来的诗我很少有满意的。那些浮浅的，烦躁的声音，字眼，在作者也许是真诚地写出来的，然而具有真诚的态度未必是能够写出好的诗来。那是观察和感觉的深度的问题，表现手法的问题，各人的素养和气质的问题。

我很想再出《新诗》，现在在筹备经费。办法是已有了，那便是在《星座》中出《十日新诗》一张。把稿费捐出来。问题倒是在没有好诗。我认为较好的几个作家，金克木去桂林后毫无消息，玲君到延安鲁艺院后也音信俱绝，卞之琳听说也去打游击，也没有信。其余的人，有的还在诉说个人的小悲哀，小欢乐，因此很少有把握，但是不去管他，试一试吧，有好稿就出，不然就搁起来，你如果有诗，千万寄来。……

致陈敬容

敬容女士：

大札早收到，因为没有你的地址，故未即奉复，昨天又收到你的信，才知道你的通讯处，这里赶快回答你。

你的朋友打算译 Les Mis é ables，如果我可以有帮忙的地方，一定效力，我的拉丁文是马马虎虎的，已经有二十年没有理过了，而书中拉丁文其实并不多，怕还是西班牙字多一点。现在这样好吗：请他将不识的字抄出来，注明页数（他大概是用的 Nelson 本子吧，我只有这个版本），我知道的就解释了寄还他，这样可以免得奔走，只须陆续一来一往写信就是了。你以为如何？

我病还没有好，可是不得不上课，每上二小时课，回来就得睡半天。

《中国新诗》什么时候集稿请示知，一定有稿子给你。你的《交响集》什么时候可以出来？不要忘记送我一部。即请撰安

望舒

四月二十四日

（一九四八年四月二十四日）

致杨静（一）

丽萍：

到平已月余，可是还没有给你写一封信，这种心情也许你是能理解的吧。我一直对自己说，我要忘记你，但是我如何能忘记！每到一个好玩的地方，每逢到一点快乐的事，我就想到你，心里想：如果你在这儿多好啊！一直到上星期为止，我总以为朵朵暂时不记得你了：从上船起一直到上星期这一个多月中，她从来没有提到你一个字，我以为新年快乐使她忘记了一切，可是，在上星期当她打了防疫针起反应而发高烧的时候，她竟大声喊着："妈咪，你作免呒要我第，顶呒解我第嗨里处！"这呓语泄漏出了她一个月以来隐藏着的心情，使我眼泪也夺眶而出。真的，你为什么抛开我们？我们为什么会在这里的啊！

可是不要说这些感伤的话了，且把我们分手后的情形告诉你吧。那一天，船一直到晚上九点才开，上船后，我的气喘就好多了。我和二朵朵，卞之琳和邝先生各占一个房舱（大朵朵在我们隔壁的房舱）。房舱很舒服，约等于普通船的头等舱。大菜间也是我们独占的，我们整天在那里玩。伙食也不错，而且餐餐有酒喝。在海上除了第一二天有雾外，一路风平浪静，船上的人，除了大朵朵外，一个晕船的也没有。三月十七日晨，船就到了大沽口，可是并没有当天上岸，因为从北平派来接我们的人，一直到十八日下午才开了小轮船来接我们（我们的船太大了不能一直开到天津）。那天晚上，我们到了塘沽，宿在海关的宿舍里，受着隆重的招待，第二天十九日，塘沽公安局招宴，宴毕，才上了专为我们而备的专车。十二时到天津，市政府又在车站中款待我们，休息了一小时，在四时到了北平，当即来到翠明庄。翠明庄是从前日本人造来做将校招待所的，胜利后国民党拿来做励志社，现在是人民政府拿来做招待民主人士的地方，虽不及北京饭店或六国饭店大，但比前二处更清静而进出自由。我住的三十一号是全庄最好的一间，有客厅，卧室，浴室，贮藏室等四间，小而精致，房中有电话，十分方便。在军调部时代，据说是叶剑英将军住的，而北平解放后人民政府副市长徐冰也曾住在这里，可以算是有历史性的房间了。卧室有两张沙发床，我和二朵朵睡，大朵朵独自睡一张，一个多月来我们就一直生活在这儿。在刚来的那一天，二朵朵高兴兴奋得了不得，变成小麻雀一样地多话了。真的，一切在她都是新鲜的，我一辈子也没有坐过专车，她却第一次坐火车就坐了，高耸着的正阳门，故宫的琉璃瓦，这一切都是照她所说那样，是“从来也没有看见过”的。（以后她还吃了她“从来也没有吃过”的糖葫芦，炒红果，蜜饯，小白梨等）这里，我们的一切需要他们都管，如洗浴，理发，洗衣，医药等，饭食是每日三餐，早晨吃粥，午晚吃饭，饭菜非常丰富，每餐有鱼有肉，有时是全只的鸡鸭，把嘴也吃高了，不知将来离开此地时怎样呢？

这一个多月差不多是游玩过去的，不是看戏就是玩公园故宫等等。孩子们成天跟着我，直到四月一日以后，我才比较松一点。因为她们是在四月一号起进了孔德学校的。孔德学校是北平有名的中小学，虽然现在已不如以前，可是总还不错。因为校长和主任都是认识的，所以她们两人就毫无困难地进了去。大朵进了五年级，二朵进了幼稚园大班。麻烦的是二朵只上半天课，下午还是缠住了我。她现在北京话已说得很不错了。

我身体仍然不大好，所以本来计划从军南下的计划，只能搁起而决定留在北平。也许最近就得到新的工作岗位上去，不再过这种舒适有闲的生活了。我希望仍能带着孩子，可是事情只能到那时再说。政府的托儿所是很好的，好些同志的孩子们都是红红胖胖的，恐怕比我管好得多。

前些日子和二朵到颐和园去玩，请朋友照了相，这里寄奉，大朵因为在读书，所以没有去。

预料你回信来时我一定不住在这里了，所以你的信还是写下列地址好："北平宣武门外校场头条二十一号吴晓铃先生转"。

你的计划如何？到法国去呢，到上海去呢，还是留在香港？我倒很希望你到北平来看看，索性把昂朵也带来。现在北平是开满了花的时候，街路上充满了歌声，人心里充满了希望。在香港，你只是一个点缀品，这里，你将成为一个有用的人，有无限前途的人。如果有意，可去找沈松泉设法，或找灵凤转夏衍。我应该连忙声明这是为你自己打算而不是为我。

昂朵好否？你身体如何？请来信告知一切。

望舒

四月二十七日灯下

（一九四九年四月二十七日）

致杨静（二）

丽萍：

你的信收到已有半个多月了，因为在开文学艺术工作者代表大会，一点空也没有，开完会搬到华北大学来。病了，本来还想搁一搁，二朵朵天天催我写信，只好就写了。现在先把这几个月的生活状态报告你吧：我是在六月初离开翠明庄招待所的，本来应该就到华大来，可是因为大朵朵、二朵朵都还没有放假，所以暂时在离学校很近的北池子八十三号文管会旧剧处住了一个月，等孩子们一放假，接着就开文代大会了，就一家子住到前门外的留香饭店去，一直到七月二十六日才搬到华大来。二朵已在幼稚园毕业了，成绩很好，如下：唱歌甲，美术甲，故事甲，工艺乙，常识乙，游戏甲，运动甲，智力程度甲，体格发育甲，操行考查甲。大朵则较差，有一门算术不及格，要补考。二朵认识了很多的大朋友，如舒绣文，周小燕等，连我也都不熟的；马思聪家我也常带她去，她和思聪的次女雪雪是好朋友，她认戴爱莲做姑姑。她很有机会接近音乐和舞蹈，然而我哪里有工夫去管她？自从你写信来说要带昂朵来平后，她时常问你什么时候来，你叫我怎样回答她呢？我以为你到这里来也很好，做事和学习的机会都很多，决不会落空的。筹一笔船费就是了，一到天津就有人招待你的。如果连船费也没有办法，那么让我去和沈松泉商量，叫他们的货船带你来。我这几天工作上就要有调动，调到国际宣传局去（将来有出国可能），孩子们下半年读书的问题，须待调过去后决定。母亲决计请她来平，因为上海没人照顾，而此地生活比上海便宜。

二朵已长了不少，去年的夏衣已短小了，在开文代会的时候，她天天看戏，看了差不多一个月。现在在华大，每天除写一点字以外，就跟同住的孩子们玩，看华大同学排戏，她不断地想你和昂朵，所以你能来就好了。你来了有这些工作可以由你选：进华大学习，进文工团参加音乐或戏剧活动，（音专的贺丽影、郑兴丽都在文工团，马思聪、李凌也在那里）进电台，其他机关的工作也很多，孩子们也不必自己管，只是要严肃地工作，前途是无量的。广州，不久就要解放，香港畸形的繁荣必然要结束了，你应该为自己前途着想。如果决定来而又可自筹旅费，请即打电报给我（北平煤渣胡同四号沈宝基转戴望舒），告知行期，到天津后找沈松泉（天津马场道三盛里二十五号），他自会招待你，不能筹钱也打电报给我，让我和沈去商量坐他们的船。不过后者要麻烦人家，还是自筹船费的好。来时不必使叶灵凤等人知道，会生许多麻烦。秋天是北平最好的季节，你的女儿日夜望你来。我身体还不错，就是常发病。上月照的一张相，这里寄上。

祝好。

阿宝也有意思来平否？请代致候！

望舒

八月四日

（一九四九年八月四日）

第四辑　诗歌

御街行

满帘红雨春将老，说不尽，阳春好。问君何处是春归，何处春归遍杳？一庭绿意，玉阶伫立，似觉春还早。

天涯路断蘼芜草，留不住，春去了。雨丝风片尽连天，愁思撩来多少？残莺无奈，声声啼断，与我堪同调。

（载《波光》旬刊第二期，一九二三年五月二十六日）

夜坐

思吗?

思也无聊!

梦吗?

梦又魂消!

如此中秋月夜,

在我当作可怜宵。

独自对银灯,

悲思从衷起。

无奈若个人儿,

盈盈隔秋水。

亲爱的啊!

你也相忆否?

(载《新上海》第二年第三期,一九二六年十二月一日)

夕阳下

晚云在暮天上散锦，
溪水在残日里流金；
我瘦长的影子飘在地上，
像山间古树底寂寞的幽灵。

远山啼哭得紫了，
哀悼着白日底长终；
落叶却飞舞欢迎
幽夜底衣角，那一片清风。

荒冢里流出幽古的芬芳，
在老树枝头把蝙蝠迷上，
它们缠绵琐细的私语，
在晚烟中低低地回荡。

幽夜偷偷从天末归来，
我独自还恋恋地徘徊；
在这寂寞的心间，我是
消隐了忧愁，消隐了欢快。

（载《小说月报》第十九卷第十一号，一九二八年十一月）

寒风中闻雀声

枯枝在寒风里悲叹，
死叶在大道上萎残；
雀儿在高唱薤露歌，
一半儿是自伤自感。

大道上寂寞凄清，
高楼上悄悄无声，
只那孤岑的雀儿
伴着孤岑的少年人。

寒风吹老了树叶，
又来吹老少年底华鬓，
更在他底愁怀里
将一丝的温馨吹尽。

唱啊，我同情的雀儿，
唱破我芬芳的梦境；
吹罢，你无情的风儿，
吹断了我飘摇的微命。

自家伤感

怀着热望来相见，
冀希从头细说，
偏你冷冷无言；
我只合踏着残叶
远去了，自家伤感。
希望今又成虚，
且消受终天长怨。
看风里的蜘蛛，
又可怜地飘断
这一缕零丝残绪。

（载《小说月报》第十九卷第八号，一九二八年八月）

生　涯

泪珠儿已抛残，
只剩了悲思。
无情的百合啊，
你明丽的花枝。
你太娟好，太轻盈，
使我难吻你娇唇。

人间伴我的是孤苦，
白昼给我的是寂寥；
只有那甜甜的梦儿，
慰我在深宵：
我希望长睡沉沉，
长在那梦里温存。

可是清晨我醒来
在枕边找到了悲哀：
欢乐只是一幻梦，
孤苦却待我生挨！
我暗把泪珠哽咽，

我又生活了一天。

泪珠儿已抛残，
悲思偏无尽，
啊，我生命底慰安！
我屏营待你垂悯：
在这世间寂寂，
朝朝只有呜咽。

流浪人的夜歌

残月是已死的美人，
在山头哭泣嘤嘤，
哭她细弱的魂灵。

怪枭在幽谷悲鸣，
饥狼在嘲笑声声
在那残碑断碣的荒坟。

此地是黑暗的占领，
恐怖在统治人群，
幽夜茫茫地不明。

来到此地泪盈盈，
我是颠连漂泊的孤身，
我要与残月同沉。

Fragments

不要说爱还是恨，
这问题我不要分明：
当我们提壶痛饮时，
可先问是酸酒是芳醇？

愿她温温的眼波
荡醒我心头的春草：
谁希望有花儿果儿？
但愿在春天里活几朝。

（载《小说月报》第十九卷第八号，一九二八年八月）

凝泪出门

昏昏的灯，
溟溟的雨，
沉沉的未晓天；
凄凉的情绪，
将我的愁怀占住。

凄绝的寂静中，
你还酣睡未醒；
我无奈踯躅徘徊，
独自凝泪出门：
啊，我已够伤心。

清冷的街灯，
照着车儿前进；
在我的胸怀里，
我是失去了欢欣，
愁苦已来临。

（载《璎珞》旬刊第一期，一九二六年三月）

可　知

可知怎的旧时的欢乐，
到回忆都变作悲哀，
在月暗灯昏时候
重重地兜上心来，
啊，我的欢爱！

为了如今惟有愁和苦，
朝朝的难遣难排，
恐惧以后无欢日，
愈觉得旧时难再，
啊，我的欢爱！

可是只要你能爱我深，
只要你深情不改，
这今日的悲哀，
会变作来朝的欢快，
啊，我的欢爱！

否则悲苦难排解，

幽暗重重向我来，
我将含怨沉沉睡，
睡在那碧草青苔，
啊，我的欢爱！

（载《璎珞》旬刊第三期，一九二六年四月）

静　夜

像侵晓蔷薇底蓓蕾
含着晶耀的香露，
你盈盈地低泣，低着头，
你在我心头开了烦忧路。

你哭泣嘤嘤地不停，
我心头反复地不宁：
这烦忧是从何处生
使你坠泪，又使我伤心？

停了泪儿啊，请莫悲伤，
且把那原因细讲，
在这幽夜沉寂又微凉，
人静了，这正是时光。

（载《小说月报》第十九卷第八号一九二八年八月）

山 行

见了你朝霞的颜色，
便感到我落月的沉哀，
却似晓天的云片，
烦怨飘上我心来。

可是不听你啼鸟的娇音，
我就要像流水地呜咽，
却似凝露的山花，
我不禁地泪珠盈睫。

我们彳亍在微茫的山径，
让梦香吹上了征衣，
和那朝霞，和那啼鸟，
和你不尽的缠绵意。

残花的泪

寂寞的古园中，
明月照幽素，
一枝凄艳的残花
对着蝴蝶泣诉：

我的娇丽已残，
我的芳时已过，
今宵我流着香泪，
明朝会萎谢尘土。

我的旖艳与温馨，
我的生命与青春
都已为你所有，
都已为你消受尽！

你旧日的蜜意柔情，
如今已抛向何处？
看见我憔悴的颜色，
你啊，你默默无语！

你会把我孤凉地抛下，
独自蹁跹地飞去，
又飞到别枝春花上，
依依地将她恋住。

明朝晓日来时
小鸟将为我唱薤露歌；
你啊，你不会眷顾旧情
到此地来凭吊我！

（载《小说月报》第十九卷第八号，一九二八年八月）

十四行

微雨飘落在你披散的鬓边，
像小珠碎落在青色的海带草间
或是死鱼漂翻在浪波上，
闪出神秘又凄切的幽光，

诱着又带着我青色的灵魂
到爱和死的王国中睡眠，
那里有金色的空气和紫色的太阳，
那里可怜的生物将欢乐的眼泪流到胸膛；

就像一只黑色的衰老的瘦猫，
在幽光中我憔悴又伸着懒腰，
流出我一切虚伪和真诚的骄傲，

然后，又跟着它踉跄在轻雾朦胧，
像淡红的酒沫飘在琥珀盅，
我将有情的眼藏在幽暗的记忆中。

（载《莽原》第二卷第二十期，一九二七年十二月）

不要这样盈盈地相看

不要这样盈盈地相看，
把你伤感的头儿垂倒，
静，听啊，远远地，在林里，
在死叶上的希望又醒了。

是一个昔日的希望，
它沉睡在林里已多年；
是一个缠绵烦琐的希望，
它早在遗忘里沉湮。

不要这样盈盈地相看，
把你伤感的头儿垂倒，
这一个昔日的希望，
它已被你惊醒了。

这是缠绵烦琐的希望，
如今已被你惊起了，
它又要依依地前来
将你与我烦扰。

不要这样盈盈地相看，

把你感伤的头儿垂倒，

静，听啊，远远地，从林里，

惊醒的昔日的希望来了。

（载《莽原》第二卷第二期，一九二七年十二月）

Spleen

我如今已厌看蔷薇色，
一任她娇红披满枝。

心头的春花已不更开，
幽黑的烦忧已到我欢乐之梦中来。

我底唇已枯，我底眼已枯，
我呼吸着火焰，我听见幽灵低诉。

去吧，欺人的美梦，欺人的幻象，
天上的花枝，世人安能痴想！

我颓唐地在挨度这迟迟的朝夕，
我是个疲倦的人儿，我等待着安息。

（载《小说月报》第十九卷第八号，一九二八年八月）

残叶之歌

男子
你看，湿了雨珠的残叶
静静地停在枝头，
（湿了珠泪的微心轻轻地贴在你心头。）

它踌躇着怕那微风
吹它到缥缈的长空。女子
你看，那小鸟曾经恋过枝叶，
如今却要飘忽无迹。
（我底心儿和残叶一样，你啊，忍心人，你要去他方。）

它可怜地等待着微风，
要依风去追逐爱者底行踪。男子
那么，你是叶儿，我是那微风，
我曾爱你在枝上，也爱你在街中。女子
来吧，你把你微风吹起，
我将我残叶底生命还你。

Mandoline

从水上飘起的，春夜的 Mandoline，
你咽怨的亡魂，孤冷又缠绵，
你在哭你的旧时情？

你徘徊到我的窗边，
寻不到昔日的芬芳，
你惆怅地哭泣到花间。

你凄婉地又重进我的纱窗，
还想寻些坠鬟的珠屑——
啊，你又失望地咽泪去他方。

你依依地又来到我耳边低泣，
啼着那颓唐哀怨之音；
然后，懒懒地，到梦水间消歇。

雨　巷

撑着油纸伞，独自
彷徨在悠长，悠长
又寂寥的雨巷，
我希望逢着
一个丁香一样地
结着愁怨的姑娘。

她是有
丁香一样的颜色，
丁香一样的芬芳，
丁香一样的忧愁，
在雨中哀怨，
哀怨又彷徨。

她彷徨在这寂寥的雨巷，
撑着油纸伞
像我一样，
像我一样地
默默彳亍着，

冷漠，凄清，又惆怅。

她静默地走近
走近，又投出
太息一般的眼光，
她飘过
像梦一般地，
像梦一般地凄婉迷茫。

像梦中飘过
一枝丁香地，
我身旁飘过这女郎；
她静默地远了，远了，
到了颓圮的篱墙，
走近这雨巷。

在雨的哀曲里，
消了她的颜色，
散了她的芬芳，
消散了，甚至她的
太息般的眼光，
她丁香般的惆怅。

撑着油纸伞，独自
彷徨在悠长，悠长

又寂寥的雨巷，
我希望飘过
一个丁香一样地
结着愁怨的姑娘。

（载《小说月报》第十九卷第八号，一九二八年八月）

断 指

在一口老旧的，满积着灰尘的书橱中，
我保存着一个浸在酒精瓶中的断指；
每当无聊地去翻寻古籍的时候，
它就含愁地向我诉说一个使我悲哀的记忆。

它是被截下来的，从我一个已牺牲了的朋友底手上，
它是惨白的，枯瘦的，和我的友人一样，
时常萦系着我的，而且是很分明的，
是他将这断指交给我的时候的情景：

“为我保存着这可笑又可怜的恋爱的纪念吧，望舒，
在零落的生涯中，它是只能增加我的不幸的了。”
他的话是舒缓的，沉着的，像一个叹息，
而他的眼中似乎是含着泪水，虽然微笑是在脸上。

关于他的“可怜又可笑的爱情”我是一些也不知道。
我知道的只是他是在一个工人家庭里被捕去的，
随后是酷刑吧，随后是惨苦的牢狱吧，
随后是死刑吧，那等待着我们大家的死刑吧。

关于他“可笑又可怜的爱情”我是一些也不知道。
他从未对我谈起过，即使在喝醉了酒时；
但是我猜想这一定是一段悲哀的故事，他隐藏着，
他想使它跟着截断的手指一同被遗忘了。

这断指上还染着油墨底痕迹，
是赤色的，是可爱的，光辉的赤色的，
它很灿烂地在这截断的手指上，
正如他责备别人底懦怯的目光在我们底心头一样。
这断指常带了轻微又黏着的悲哀给我，
但是它在我又是一件很有用的珍品，
每当为了一件琐事而颓丧的时候，我会说：
“好，让我拿出那个玻璃瓶来吧。”

（载《无轨列车》第一期，一九二八年十二月）

古神祠前

古神祠前逝去的
暗暗的水上，
印着我多少的
思量底轻轻的脚迹，
比长脚的水蜘蛛，
更轻更快的脚迹。

从苍翠的槐树叶上，
它轻轻地跃到
饱和了古愁的钟声的水上，
它掠过涟漪，踏过荇藻，
跨着小小的，小小的
轻快的步子走。
然后，踌躇着，
生出了翼翅……

它飞上去了，
这小小的蜉蝣，
不，是蝴蝶，它翩翩飞舞，

在芦苇间，在红蓼花上；
它高升上去了，
化作一只云雀，
把清音撒到地上……
现在它是鹏鸟了。
在浮动的白云间，
在苍茫的青天上，
它展开翼翅慢慢地，
作九万里的翱翔，
前生和来世的逍遥游。

它盘旋着，孤独地，
在迢遥的云山上，
在人间世的边际，
长久地，固执到可怜。

终于，绝望地，
它疾飞回到我心头，
在那儿忧愁地蛰伏。

（载《大公报·文艺》第二九三期，
一九三七年一月三十一日）

我底记忆

我底记忆是忠实于我的，
忠实得甚于我最好的友人。

它存在在燃着的烟卷上，
它存在在绘着百合花的笔杆上，
它存在在破旧的粉盒上，
它存在在颓垣的木莓上，
它存在在喝了一半的酒瓶上，
在撕碎的往日的诗稿上，在压干的花片上，
在凄暗的灯上，在平静的水上，
在一切有灵魂没有灵魂的东西上，
它在到处生存着，像我在这世界一样。

它是胆小的，它怕着人们底喧嚣，
但在寂寥时，它便对我来作密切的拜访。
它底声音是低微的，
但是它底话是很长，很长，
很多，很琐碎，而且永远不肯休：
它的话是古旧的，老是讲着同样的故事，

它底音调是和谐的，老是唱着同样的曲子，
有时它还模仿着爱娇的少女底声音，
它底声音是没有气力的，
而且还夹着眼泪，夹着太息。

它底拜访是没有一定的，
在任何时间，在任何地点，
甚至当我已上床，朦胧地想睡了；
人们会说它没有礼貌，
但是我们是老朋友。

它是琐琐地永远不肯休止的，
除非我凄凄地哭了，或是沉沉地睡了；
但是我是永远不讨厌它，
因为它是忠实于我的。

（载《未名》第二卷第一期，一九二九年一月）

路上的小语

——给我吧，姑娘，那朵簪在你发上的
小小的青色的花，
它是会使我想起你底温柔来的。

——它是到处都可以找到的，
那边，你看，在树林下，在泉边，
而它又只会给你悲哀的记忆的。

——给我吧，姑娘，你底像花一样地燃着的，
像红宝石一般晶耀着的嘴唇，
它会给我蜜底味，酒的味。

——不，它只有青色的橄榄底味，
和未熟的苹果底味，
而且是不给说谎的孩子的。

——给我吧，姑娘，那在你衫子下的
你的火一样的，十八岁的心，
那里是盛着天青色的爱情的。

——它是我的，是不给任何人的，

除非别人愿意把他自己底真诚的

　　来作一个交换，永恒地。

（载《无轨列车》第一期，一九二八年九月）

林下的小语

走进幽暗的树林里
人们在心头感到了寒冷，
亲爱的，在心头你也感到寒冷吗？
当你拥在我怀里
而且把你的唇黏着我底的时候？

不要微笑，亲爱的，
啼泣一些是温柔的，
啼泣吧，亲爱的，啼泣在我底膝上，
在我底胸头，在我底颈边。
啼泣不是一个短促的欢乐。

“追随我到世界的尽头”，
你固执地这样说着吗？
你说得多傻！你去追随天风吧！
我呢，我是比天风更轻，更轻，
是你永远追随不到的。

哦，不要请求我的心了！

它是我的，是只属于我的。
什么是我们的恋爱的纪念吗？
拿去吧，亲爱的，拿去吧，
这沉哀，这绛色的沉哀。

夜是

夜是清爽而温暖；
飘过的风带着青春和爱底香味，
我的头是靠在你裸着的膝上，
你想笑，而我却哭了。

温柔的是缢死在你底发上，
它是那么长，那么细，那么香，
但是我是怕着，那飘过的风
要把我们底青春带去。

我们只是被年海底波涛
挟着漂去的可怜的 épaves，
不要讲古旧的 romance 和理想的梦国了，
纵然你有柔情，我有眼泪。

我是怕着：那飘过的风
已把我们底青春和别人底一同带去了；
爱呵，你起来找一下吧，
它可曾把我们底爱情带去。

（载《无轨列车》第一期，一九二八年九月）

独自的时候

房里曾充满过清朗的笑声，
正如花园里充满过蔷薇；
人在满积着的梦的灰尘中抽烟，
沉想着消逝了的音乐。

在心头飘来飘去的是什么啊，
像白云一样地无定，像白云一样地沉郁？
而且要对它说话也是徒然的，
正如人徒然地向白云说话一样。

幽暗的房里耀着的只有光泽的木器，
独语着的烟斗也黯然缄默，
人在尘雾的空间描摩着惨白的裸体
和烧着人的火一样的眼睛。

为自己悲哀和为别人悲哀是一样的事，
虽然自己的梦是和别人的不同的，
但是我知道今天我是流过眼泪，
而从外边，寂静是悄悄地进来。

（载《未名》第一卷第八、九期，一九二八年十一月）

秋 天

再过几日秋天是要来了，
默坐着，抽着陶器的烟斗；
我已隐隐地听见它的歌吹
从江水的船帆上。

它是在奏着管弦乐：
这个使我想起做过的好梦；
从前认它为好友是错了，
因为它带来了忧愁给我。

林间的猎角声是好听的，
在死叶上的漫步也是乐事，
但是，独身汉的心地我是很清楚的，
今天，我是没有闲雅的兴致。

我对它没有爱也没有恐惧，
我知道它所带来的东西的重量，
我是微笑着，安坐在我的窗前，

当浮云带着恐吓的口气来说：

秋天要来了，望舒先生！

（载《未名》第二卷第二期，一九二九年一月）

对于天的怀乡病

怀乡病，怀乡病，
这或许是一切有一张有些忧郁的脸，
一颗悲哀的心，
而且老是缄默着，
还抽着一支烟斗的
人们的生涯吧。

怀乡病，哦，我呵，
我也许是这类人之一，
我呢，我渴望着回返
到那个天，到那个如此青的天
在那里我可以生活又死灭，
像在母亲的怀里，
一个孩子笑着和哭着一样。

我呵，我真是一个怀乡病者，
是对于天的，对于那如此青的天的，
在那里我可以安安地睡着
没有半边头风，没有不眠之夜，

没有心的一切的烦恼，

这心，它，已不是属于我的，

而有人已把它抛弃了，

像人们抛弃了敝舄一样。

（载《无轨列车》第八期，一九二八年十二月）

印　象

是飘落深谷去的
幽微的铃声吧，
是航到烟水去的
小小的渔船吧，
如果是青色的真珠；
它已堕到古井的暗水里。

林梢闪着的颓唐的残阳，
它轻轻地敛去了
跟着脸上浅浅的微笑。

从一个寂寞的地方起来的，
迢遥的，寂寞的呜咽，
又徐徐回到寂寞的地方，寂寞地。

（载《现代》第一卷第一号，一九三二年五月）

到我这里来

到我这里来，假如你还存在着，
全裸着，披散了你的发丝：
我将对你说那只有我们两人懂得的话。

我将对你说为什么蔷薇有金色的花瓣，
为什么你有温柔而馥郁的梦，
为什么锦葵会从我们的窗间探首进来。

人们不知道的一切我们都会深深了解，
除了我的手的颤动和你的心的奔跳；
不要怕我发着异样的光的眼睛，
向我来：你将在我的臂间找到舒适的卧榻。

可是，啊，你是不存在着了，
虽则你的记忆还使我温柔地颤动，
而我是徒然地等待着你，每一个傍晚，
在菩提树下，沉思地，抽着烟。

祭 日

今天是亡魂的祭日，
我想起了我的死去了六年的友人。
或许他已老一点了，怅惜他爱娇的妻，
他哭泣着的女儿，他剪断了的青春。

他一定是瘦了，过着漂泊的生涯，在幽冥中，
但他的忠诚的目光是永远保留着的，
而我还听到他往昔的熟稔有劲的声音，
“快乐吗，老戴？”（快乐，唔，我现在已没有了。）

他不会忘记了我：这我是很知道的，
因为他还来找我，每月一二次，在我梦里，
他老是饶舌的，虽则他已归于永恒的沉寂，
而他带着忧郁的微笑的长谈使我悲哀。

我已不知道他的妻和女儿到哪里去了，
我不敢想起她们，我甚至不敢问他，在梦里，
当然她们不会过着幸福的生涯的，
像我一样，像我们大家一样。

快乐一点吧，因为今天是亡魂的祭日；
我已为你预备了在我算是丰盛了的晚餐，
你可以找到我园里的鲜果，
和那你所嗜好的陈威士忌酒。
我们的友谊是永远地柔和的，
而我将和你谈着幽冥中的快乐和悲哀。

（载《新文艺》第一卷第二号，一九二九年十月）

烦忧

说是寂寞的秋的悒郁，
说是辽远的海的怀念。
假如有人问我烦忧的原故，
我不敢说出你的名字。

我不敢说出你的名字，
假如有人问我烦忧的原故：
说是辽远的海的怀念，
说是寂寞的秋的悒郁。

（载《新文艺》第一卷第四号，一九二九年十二月）

百合子

百合子是怀乡病的可怜的患者，
因为她的家是在灿烂的樱花丛里的；
我们徒然有百尺的高楼和沉迷的香夜，
但温煦的阳光和朴素的木屋总常在她缅想中。

她度着寂寂的悠长的生涯，
她盈盈的眼睛茫然地望着远处；
人们说她冷漠的是错了，
因为她沉思的眼里是有着火焰。

她将使我为她而憔悴吗？
或许是的，但是谁能知道？
有时她向我微笑着，
而这忧郁的微笑使我也坠入怀乡病里。

她是冷漠的吗？不。
因为我们的眼睛是秘密地交谈着；
而她是醉一样地合上了她的眼睛的，
如果我轻轻地吻着她花一样的嘴唇。

（载《新文艺》第一卷第四期，一九二九年十二月十五日）

流 水

在寂寞的黄昏里，
我听见流水嘹亮的言语：

“穿过暗黑的，暗黑的林，
流到那边去！
到升出赤色的太阳的海去！

“你，被践踏的草和被弃的花，
一同去，跟着我们的流一同去。

“冲过横在路头的顽强的石，
溅起来，溅起浪花来，
从它上面冲过去！

“泻过草地，泻过绿色的草地，
没有踌躇或是休止，
把握住你的意志。

“我们是各处的水流的集体，

从山间，从乡村，
从城市的沟渠……
我们是力的力。

"决了堤防，破了闸！
阻拦我们吗？
你会看见你的毁灭……"

在一个寂寂的黄昏里，
我看见一切的流水，
在同一个方向中，
奔流到太阳的家乡去。

（载《新文艺》第二卷第一号，一九三〇年三月）

我们的小母亲

机械将完全地改变了，在未来的日子——
不是那可怖的汗和血的榨床，
不是驱向贫和死的恶魔的大车。
它将成为可爱的，温柔的，
而且仁慈的，我们的小母亲，
一个爱着自己的多数的孩子的，
用有力的，热爱的手臂，
紧抱着我们，抚爱着我们的
我们这一类人的小母亲。

是啊，我们将没有了恐慌，没有了憎恨，
我们将热烈地爱它，用我们多数的心。
我们不会觉得它是一个静默的铁的神秘，
在我们，它是有一颗充着慈爱的血的心的，
一个人间的孩子们的母亲。

于是，我们将劳动着，相爱着，
在我们的小母亲的怀里，
在我们的小母亲的怀里，

我们将互相了解，
更深切地互相了解……
而我们将骄傲地自庆着，
是啊，骄傲地，有一个
完全为我们的幸福操作着
慈爱地抚育着我们的小母亲，
我们的有力的铁的小母亲！

（载《新文艺》第二卷第一号，一九三〇年三月）

八重子

八重子是永远地忧郁着的，
我怕她会郁瘦了她的青春。
是的，我为她的健康挂虑着，
尤其是为她的沉思的眸子。

发的香味是簪着辽远的恋情，
辽远到要使人流泪；
但是要使她欢喜，我只能微笑，
只能像幸福者一样地微笑。

因为我要使她忘记她的孤寂，
忘记萦系着她的渺茫的乡思，
我要使她忘记她在走着
无尽的，寂寞的凄凉的路。

而且在她的唇上，我要为她祝福，
为我的永远忧郁着的八重子，
我愿她永远有着意中人的脸，
春花的脸，和初恋的心。

（载《小说月报》第二十一卷第六号，一九三〇年九月）

梦都子

——致霞村

她有太多的蜜饯的心——
在她的手上，在她的唇上；
然后跟着口红，跟着指爪，
印在老绅士的颊上，
刻在醉少年的肩上。

我们是她年轻的爸爸，诚然
但也害怕我们的女儿到怀里来撒娇，
因为在蜜饯的心以外，
她还有蜜饯的乳房，
而在撒娇之后，她还会放肆。

你的衬衣上已有了贯矢的心，
而我的指上又有了纸捻的约指，
如果我爱惜我的秀发，
那么你又该受那心愿的忤逆。

我的素描

辽远的国土的怀念者，
我，我是寂寞的生物。

假若把我自己描画出来，
那是一幅单纯的静物写生。

我是青春和衰老的集合体，
我有健康的身体和病的心。

在朋友间我有爽直的声名，
在恋爱上我是一个低能儿。

因为当一个少女开始爱我的时候，
我先就要栗然地惶恐。

我怕着温存的眼睛，
像怕初春青空的朝阳。

我是高大的，我有光辉的眼；

我用爽朗的声音恣意谈笑。

但在悒郁的时候，我是沉默的，
悒郁着，用我二十四岁的整个的心。

（载《小说月报》第二十一卷第六号，一九三〇年九月）

单恋者

我觉得我是在单恋着，
但是我不知道是恋着谁：
是一个在迷茫的烟水中的国土吗，
是一枝在静默中零落的花吗，
是一位我记不起的陌路丽人吗？
我不知道。
我知道的是我的胸膨胀着，
而我的心悸动着，像在初恋中。

在烦倦的时候，
我常是暗黑的街头的踯躅者，
我走遍了嚣嚷的酒场，
我不想回去，好像在寻找什么。
飘来一丝媚眼或是塞满一耳腻语，
那是常有的事。
但是我会低声说：
“不是你！”然后踉跄地又走向他处。
人们称我为“夜行人”，
尽便吧，这在我是一样的；

真的，我是一个寂寞的夜行人，
而且又是一个可怜的单恋者。

（载《小说月报》第二十二卷第二号，一九三一年二月）

老之将至

我怕自己将慢慢地慢慢地老去，
随着那迟迟寂寂的时间，
而那每一个迟迟寂寂的时间，
是将重重地载着无量的怅惜的。

而在我坚而冷的圈椅中，在日暮，
我将看见，在我昏花的眼前
飘过那些模糊的暗淡的影子：
一片娇柔的微笑，一只纤纤的手，
几双燃着火焰的眼睛，
或是几点耀着珠光的眼泪。

是的，我将记不清楚了：
在我耳边低声软语着
“在最适当的地方放你的嘴唇”的，
是那樱花一般的樱子吗？
那是茹丽葛吗，飘着懒倦的眼
望着她已卸了的锦缎的鞋子？……
这些，我将都记不清楚了，

因为我老了。
我说，我是担忧着怕老去，
怕这些记忆凋残了，
一片一片地，像花一样，
只留着垂枯的枝条，孤独地。

（载《小说月报》第二十二卷第一号，一九三一年一月）

秋天的梦

迢遥的牧女的羊铃，
摇落了轻的树叶。

秋天的梦是轻的，
那是窈窕的牧女之恋。

于是我的梦是静静地来了，
但却载着沉重的昔日。

唔，现在，我是有一些寒冷，
一些寒冷，和一些忧郁。

（载《小说月报》第二十二卷第一号，一九三一年一月）

前　夜

——一夜的纪念，呈呐鸥兄

在比志步尔启碇的前夜，
托密的衣袖变作了手帕，
她把眼泪和着唇脂拭在上面，
要为他壮行色，更加一点粉香。

明天会有太淡的烟和太淡的酒，
和磨不损的太坚固的时间，
而现在，她知道应该有怎样的忍耐：
托密已经醉了，而且疲倦得可怜。

这个的橙花香味的南方的少年，
他不知道明天只能看见天和海——
或许在"家，甜蜜的家"里他会康健些，
但是他的温柔的亲戚却要更瘦，更瘦。

（载《现代》第一卷第一期，一九三二年五月号）

我的恋人

我将对你说我的恋人，
我的恋人是一个羞涩的人，
她是羞涩的，有着桃色的脸，
桃色的嘴唇，和一颗天青色的心。

她有黑色的大眼睛，
那不敢凝看我的黑色的大眼睛——
不是不敢，那是因为她是羞涩的；
而当我依在她胸头的时候，
你可以说她的眼睛是变换了颜色，
天青的颜色，她的心的颜色。

她有纤纤的手，
它会在我烦忧的时候安抚我，
她有清朗而爱娇的声音，
那是只向我说着温柔的，
温柔到销熔了我的心的话的。
她是一个静娴的少女，
她知道如何爱一个爱她的人，

但是我永远不能对你说她的名字，
因为她是一个羞涩的恋人。

（载《小说月报》第二十二卷第十号，一九三一年十月）

村 姑

村里的姑娘静静地走着，
提着她的蚀着青苔的水桶；
溅出来的冷水滴在她的跣足上，
而她的心是在泉边的柳树下。

这姑娘会静静地走到她的旧屋去，
那在一棵百年的冬青树荫下的旧屋，
而当她想到在泉边吻她的少年，
她会微笑着，抿起了她的嘴唇。

她将走到那古旧的木屋边，
她将在那里惊散了一群在啄食的瓦雀，
她将静静地走到厨房里，
又静静地把水桶放在干刍边。

她将帮助她的母亲造饭，
而从田间回来的父亲将坐在门槛上抽烟，
她将给猪圈里的猪喂食，
又将可爱的鸡赶进它们的窠里去。

在暮色中吃晚饭的时候，
她的父亲会谈着今年的收成，
他或许会说到他的女儿的婚嫁，
而她便将羞怯地低下头去。

她的母亲或许会说她的懒惰，
（她打水的迟延便是一个好例子，）
但是她不会听到这些话，
因为她在想着那有点鲁莽的少年。

（载《小说月报》第二十二卷第十号，一九三一年十月）

昨 晚

我知道昨晚在我们出门的时候，
我们的房里一定有一次热闹的宴会，
那些常被我的宾客们当作没有灵魂的东西，
不用说，都是这宴会的佳客：
这事情我也能容易地觉出，
否则这房里决不会零乱，
不会这样氤氲着烟酒的气味。
它们现在是已经安分守已了，
但是扶着残醉的洋娃娃却眨着眼睛，
我知道她还会撒痴撒娇：
她的头发是那样地蓬乱，而舞衣又那样地皱，
一定的，昨晚她已被亲过了嘴。
那年老的时钟显然已喝得太多了，
他还渴睡着，而把他的职司忘记；
拖鞋已换了方向，易了地位，
他不安静地躺在床前，而横出榻下。
粉盒和香水瓶自然是最漂亮的娇客，
因为她们是从巴黎来的，
而且准跳过那时行的“黑底舞”；

还有那个龙钟的瓷佛，他的年岁比我们还大，
他听过我祖母的声音，又受过我父亲的爱抚，
他是慈爱的长者，他必然居过首席。
（他有着一颗什么心会和那些后生小子和谐？）
比较安静的恐怕只有那桌上的烟灰盂，
他是昨天刚在大路上来的，他是生客。

还有许许多多的有伟大的灵魂的小东西，
它们现在都已敛迹，而且又装得那样规矩，
它们现在是那样安静，但或许昨晚最会胡闹。
对于这些事物的放肆我倒并不嗔怪，
我不会发脾气，因为像我们一样，
它们在有一些的时候也应得狂欢痛快。
但是我不懂得它们为什么会胆小害怕我们，
我们不是严厉的主人，我们愿意它们同来！
这些我们已有过了许多证明，
如果去问我的荷兰烟斗，它便会讲给你听。

（载《北斗》第一卷第二期，一九三一年十月）

野 宴

对岸青叶荫下的野餐，
只有百里香和野菊作伴；
河水已洗涤了碍人的礼仪，
白云遂成为飘动的天幕。

那里有木叶一般绿的薄荷酒，
和你所爱的芬芳的腊味，
但是这里有更可口的芦笋
和更新鲜的乳酪。

我的爱软的草的小姐，
你是知味的美食家：
先尝这开胃的饮料，
然后再试那丰盛的名菜。

（载《北斗》第一卷第二期，一九三一年十月）

三顶礼

引起寂寂的旅愁的，
翻着软浪的暗暗的海，
我的恋人的发，
受我怀念的顶礼。

恋之色的夜合花，
佻挞的夜合花，
我的恋人的眼，
受我沉醉的顶礼。

给我苦痛的螫的，
苦痛的但是欢乐的螫的，
你小小的红翅的蜜蜂，
我的恋人的唇，
受我怨恨的顶礼。

（载《小说月报》第二十二卷第十号，一九三一年十月）

二 月

春天已在野菊的头上逡巡着了，
春天已在斑鸠的羽上逡巡着了，
春天已在青溪的藻上逡巡着了，
绿荫的林遂成为恋的众香国。

于是原野将听倦了谎话的交换，
而不载重的无邪的小草
将醉着温软的皓体的甜香；

于是，在暮色冥冥里，
我将听了最后一个游女的惋叹，
拈着一枝蒲公英缓缓地归去。

（载《小说月报》第二十二卷第十号，一九三一年十月）

小　病

从竹帘里漏进来的泥土的香，
在浅春的风里它几乎凝住了；
小病的人嘴里感到了莴苣的脆嫩，
于是遂有了家乡小园的神往。

小园里阳光是常在芸苔的花上吧，
细风是常在细腰蜂的翅上吧，
病人吃的莱菔的叶子许被虫蛀了，
而雨后的韭菜却许已有甜味的嫩芽了。

现在，我是害怕那使我脱发的饕餮了，
就是那滑腻的海鳗般美味的小食也得斋戒，
因为小病的身子在浅春的风里是软弱的，
况且我又神往于家园阳光下的莴苣。

（载《小说月报》第二十二卷第十号，一九三一年十月）

款步（一）

这里是爱我们的苍翠的松树，
它曾经遮过你的羞涩和我的胆怯，
我们的这个同谋者是有一个好记性的，
现在，它还向我们说着旧话，但并不揶揄。

还有那多嘴的深草间的小溪，
我不知道它今天为什么缄默：
我不看见它，或许它已换一条路走了，
饶舌着，施施然绕着小村而去了。

这边是来做夏天的客人的闲花野草，
它们是穿着新装，像在婚筵里，
而且在微风里对我们作有礼貌的礼敬，
好像我们就是新婚夫妇。

我的小恋人，今天我不对你说草木的恋爱，
却让我们的眼睛静静地说我们自己的，
而且我要用我的舌头封住你的小嘴唇了，
如果你再说：我已闻到你的愿望的气味。

（载《小说月报》第二十二卷第十号，一九三一年十月）

款步（二）

答应我绕过这些木栅，
去坐在江边的游椅上。
啮着沙岸的永远的波浪，
总会从你投出着的素足
撼动你抿紧的嘴唇的。
而这里，鲜红并寂静得
与你的嘴唇一样的枫林间，
虽然残秋的风还未来到，
但我已经从你的缄默里，
觉出了它的寒冷。

（载《现代》第一卷第一期，一九三二年五月号）

过 时

说我是一个在怅惜着，
怅惜着好往日的少年吧，
我唱着我的崭新的小曲，
而你却揶揄：多么“过时”！

是呀，过时了，我的“单恋女”
都已经变作妇人或是母亲，
而我，我还可怜地年轻——
年轻？不吧，有点靠不住。

是呀，年轻是有点靠不住，
说我是有一点老了吧！
你只看我拿手杖的姿态
它会告诉你一切，而我的眼睛亦然。

老实说，我是一个年轻的老人了：
对于秋草秋风是太年轻了，
而对于春月春花却又太老。

（载《现代》第一卷第一期，一九三二年五月号）

有　赠

谁曾为我束起许多花枝，
灿烂过又憔悴了的花枝，
谁曾为我穿起许多泪珠，
又倾落到梦里去的泪珠？

我认识你充满了怨恨的眼睛，
我知道你愿意缄在幽暗中的话语，
你引我到了一个梦中，
我却又在另一个梦中忘了你。

我的梦和我的遗忘中的人，
哦，受过我暗自祝福的人，
终日有意地灌溉着蔷薇，
我却无心地让寂寞的兰花愁谢。

（载《现代》第一卷第一期，一九三二年五月号）

游子谣

海上微风起来的时候，
暗水上开遍青色的蔷薇。
——游子的家园呢？

篱门是蜘蛛的家，
土墙是薜荔的家，
枝繁叶茂的果树是鸟雀的家。

游子却连乡愁也没有，
他沉浮在鲸鱼海蟒间：
让家园寂寞的花自开自落吧。

因为海上有青色的蔷薇，
游子要萦系他冷落的家园吗？
还有比蔷薇更清丽的旅伴呢。

清丽的小旅伴是更甜蜜的家园，
游子的乡愁在那里徘徊踯躅。
唔，永远沉浮在鲸鱼海蟒间吧。

（载《现代》第一卷第三期，一九三二年七月号）

秋　蝇

木叶的红色，
木叶的黄色，
木叶的土灰色：
窗外的下午！

用一双无数的眼睛，
衰弱的苍蝇望得昏眩。
这样窒息的下午啊！
它无奈地搔着头搔着肚子。

木叶，木叶，木叶，
无边木叶萧萧下。

玻璃窗是寒冷的冰片了，
太阳只有苍茫的色泽。
巡回地散一次步吧！
它觉得它的脚软。

红色，黄色，土灰色，

昏眩的万花筒的图案啊！

迢遥的声音，古旧的，
大伽蓝的钟磬？天末的风？
苍蝇有点僵木，
这样沉重的翼翅啊！

飘下地，飘上天的木叶旋转着，
红色，黄色，土灰色的错杂的回轮。

无数的眼睛渐渐模糊，昏黑，
什么东西压到轻绡的翅上，
身子像木叶一般地轻，
载在巨鸟的翎翮上吗？

（载《现代》第一卷第三期，一九三二年七月号）

夜行者

这里他来了：夜行者！
冷清清的街上有沉着的跫音，
从黑茫茫的雾，
到黑茫茫的雾。

夜的最熟稔的朋友，
他知道它的一切琐碎，
那么熟稔，在它的熏陶中
他染了它一切最古怪的脾气。

夜行者是最古怪的人。
你看他走在黑夜里：
戴着黑色的毡帽，
迈着夜一样静的步子。

（载《现代》第一卷第三期，一九三二年七月号）

微 辞

园子里蝶褪了粉蜂褪了黄，
则木叶下的安息是允许的吧，
然而好弄玩的女孩子是不肯休止的，
“你瞧我的眼睛，”她说，“它们恨你！”

女孩子有恨人的眼睛，我知道，
她还有不洁的指爪，
但是一点恬静和一点懒是需要的，
只瞧那新叶下静静的蜂蝶。

魔道者使用曼陀罗根或是枸杞，
而人却像花一般地顺从时序，
夜来香娇妍地开了一个整夜，
朝来送入温室一时能重鲜吗？

园子都已恬静，
蜂蝶睡在新叶下，
迟迟的永昼中，
无厌的女孩子也该休止。

（载《现代》第一卷第三期，一九三二年七月号）

妾薄命

一枝，两枝，三枝，
床巾上的图案花
为什么不结果子啊！
过去了：春天，夏天，秋天。

明天梦已凝成了冰柱；
还会有温煦的太阳吗？
纵然有温煦的太阳，跟着檐溜，
去寻坠梦的玎玲吧！

（载《现代》第一卷第六期，一九三二年十月号）

少年行

是簪花的老人呢，
灰暗的篱笆披着茑萝；

旧曲在颤动的枝叶间死了，
新蜕的蝉用单调的生命赓续。

结客寻欢都成了后悔，
还要学少年的行蹊吗？

平静的天，平静的阳光下，
烂熟的果子平静地落下来了。

（载《现代》第一卷第六期，一九三二年十月号）

旅　思

故乡芦花开的时候，
旅人的鞋跟染着征泥，
黏住了鞋跟，黏住了心的征泥，
几时经可爱的手拂拭？

栈石星饭的岁月，
骤山骤水的行程：
只有寂静中的促织声，
给旅人尝一点家乡的风味。

不　寐

在沉静的音波中，
每个爱娇的影子
在眩晕的脑里
作瞬间的散步；

只有短促的瞬间，
然后列成桃色的队伍，
月移花影地淡然消溶：
飞机上的阅兵式。

掌心抵着炎热的前额，
腕上有急促的温息；
是那一宵的觉醒啊？
这种透过皮肤的温息。

让沉静底最高的音波，
来震破脆弱的耳膜吧。
窒息的白色帐子，墙……
什么地方去喘一口气呢？

（载《文艺月刊》第四卷第二号，一九三三年八月）

深闭的园子

五月的园子，
已花繁叶满了，
浓荫里却静无鸟喧。

小径已铺满苔藓，
而篱门的锁也锈了——
主人却在迢遥的太阳下。

在迢遥的太阳下，
也有璀璨的园林吗？

陌生人在篱边探首，
空想着天外的主人。

（载《现代》第二卷第一号，一九三二年十一月号）

灯（一）

士为知己者用，
故承恩的灯
遂做了恋的同谋人：
作憧憬之雾的
青色的灯，
作色情之屏的
桃色的灯。

因为我们知道爱灯，
如仁者乐山，智者乐水，
为供它的法眼的鉴赏
我们展开秘藏的风俗画：
灯却不笑人的疯魔。

在灯的友爱的光里，
人走进了美容院；
千手千眼的技师，
替人匀着最宜雅的脂粉，
于是我们便目不暇给。

太阳只发着学究的教训，
而灯光却作着亲切的密语，
至于交头接耳的暗黑，
就是饕餮者的施主了。

（载《现代》第二卷第一期，一九三二年十一月号）

灯（二）

灯守着我，劬劳地，
凝看我眸子中
有穿着古旧的节日衣衫的
欢乐儿童，
忧伤稚子，
像木马栏似地
转着，转着，永恒地……

而火焰的春阳下的树木般的
小小的爆烈声，
摇着我，摇着我，
柔和地。

美丽的节日萎谢了，
木马栏独自转着转着……
灯徒然怀着母亲的劬劳，
孩子们的彩衣已褪了颜色。

已矣哉！

采撷黑色大眼睛的凝视
去织最绮丽的梦网！
手指所触的地方：
火凝作冰焰，
花幻为枯枝。
灯守着我。让它守着我！

曦阳普照，蜥蜴不复浴其光，
帝王长卧，鱼烛永恒地高烧
在他森森的陵寝。

这里，一滴一滴地，
寂静坠落，坠落，坠落。

一九三四年十二月二十一日

［载《现代诗风》（第一册），一九三五年十月］

寻梦者

梦会开出花来的，
梦会开出娇妍的花来的：
去求无价的珍宝吧。

在青色的大海里，
在青色的大海的底里，
深藏着金色的贝一枚。

你去攀九年的冰山吧，
你去航九年的旱海吧，
然后你逢到那金色的贝。

它有天上的云雨声，
它有海上的风涛声。
它会使你的心沉醉。

把它在海水里养九年，
把它在天水里养九年，
然后，它在一个暗夜里开绽了。

当你鬓发斑斑了的时候，
当你眼睛朦胧了的时候，
金色的贝吐出桃色的珠。

把桃色的珠放在你怀里，
把桃色的珠放在你枕边，
于是一个梦静静地升上来了。

你的梦开出花来了，
你的梦开出娇妍的花来了，
在你已衰老了的时候。

（载《现代》第二卷第一号，一九三二年十一月号）

乐园鸟

飞着，飞着，春，夏，秋，冬，
昼，夜，没有休止，
华羽的乐园鸟，
这是幸福的云游呢，
还是永恒的苦役？

渴的时候也饮露，
饥的时候也饮露，
华羽的乐园鸟，
这是神仙的佳肴呢，
还是为了对于天的乡思？

是从乐园里来的呢，
还是到乐园里去的？
华羽的乐园鸟，
在茫茫的青空中，
也觉得你的路途寂寞吗？

假使你是从乐园里来的，

可以对我们说吗，
华羽的乐园鸟，
自从亚当、夏娃被逐后，
那天上的花园已荒芜到怎样了？

（载《现代》第二卷第一号，一九三二年十一月号）

见勿忘我花

为你开的
为我开的勿忘我花，
为了你的怀念，
为了我的怀念，
它在陌生的太阳下，
陌生的树林间，
谦卑地，悒郁地开着。

在僻静的一隅，
它为你向我说话，
它为我向你说话；
它重数我们用凝望
远方潮润的眼睛，
在沉默中所说的话，
而它的语言又是
像我们的眼一样沉默。

开着吧，永远开着吧，
挂虑我们的小小的青色的花。

微　笑

轻岚从远山飘开，
水蜘蛛在静水上徘徊；
说吧：无限意，无限意。

有人微笑，
一颗心开出花来，
有人微笑，
许多脸儿忧郁起来。

做定情之花带的点缀吧，
做迢遥之旅愁的凭借吧。

霜　花

九月的霜花，
十月的霜花，
雾的娇女，
开到我鬓边来。

装点着秋叶，
你装点了单调的死。
雾的娇女，
来替我簪你素艳的花。

你还有珍珠的眼泪吗？
太阳已不复重燃死灰了。
我静观我鬓丝的零落，
于是我迎来你所装点的秋。

［载《现代诗风》（第一册），一九三五年十月］

古意答客问

孤心逐浮云之炫烨的卷舒，
惯看青空的眼喜侵阈的青芜。
你问我的欢乐何在？
——窗头明月枕边书。

侵晨看岚踯躅于山巅，
入夜听风琐语于花间。
你问我的灵魂安息于何处？
——看那袅绕地、袅绕地升上去的炊烟。

渴饮露，饥餐英；
鹿守我的梦，鸟祝我的醒。
你问我可有人间世的挂虑？
——听那消沉下去的百代之过客的跫音。

一九三四年十二月五日

［载《现代诗风》（第一册），一九三五年十月］

秋夜思

谁家动刀尺？
心也需要秋衣。

听鲛人的召唤，
听木叶的呼吸！
风从每一条脉络进来，
窃听心的枯裂之音。

诗人云：心即是琴。
谁听过那古旧的阳春白雪？
为真知的死者的慰藉，
有人已将它悬在树梢，
为天籁之凭托——
但曾一度谛听的飘逝之音。

而断裂的吴丝蜀桐，
仅使人从弦柱间思忆华年。

一九三五年七月六日

［载《现代诗风》（第一册），一九三五年十月］

小　曲

啼倦的鸟藏喙在彩翎间，
音的小灵魂向何处翩跹？
老去的花一瓣瓣委尘土，
香的小灵魂在何处流连？

它们不能在地狱里，不能，
这那么好，那么好的灵魂！
那么是在天堂，在乐园里？
摇摇头，圣彼得可也否认。

没有人知道在哪里，没有，
诗人却微笑而三缄其口：
有什么东西在调和氤氲，
在他的心的永恒的宇宙。

一九三六年五月十四日
（载《大公报·文艺》第一六九期，
一九三六年六月二十六日）

赠克木

我不懂别人为什么给那些星辰
取一些它们不需要的名称，
它们闲游在太空，无牵无挂，
不了解我们，也不求闻达。

记着天狼，海王，大熊……这一大堆，
还有它们的成分，它们的方位，
你绞干了脑汁，胀破了头，
弄了一辈子，还是个未知的宇宙。

星来星去，宇宙运行，
春秋代序，人死人生，
太阳无量数，太空无限大，
我们只是倏忽渺小的夏虫井蛙。

不痴不聋，不做阿家翁，
为人之大道全在懵懂，
最好不求甚解，单是望望，
看天，看星，看月，看太阳。

也看山，看水，看云，看风，
看春夏秋冬之不同，
还看人世的痴愚，人世的倥偬：
静默地看着，乐在其中。

乐在其中，乐在空与时以外，
我和欢乐都超越过一切的境界，
自己成一个宇宙，有它的日月星，
来供你钻究，让你皓首穷经。

或是我将变一颗奇异的彗星，
在太空中欲止即止，欲行即行，
让人算不出轨迹，瞧不透道理，
然后把太阳敲成碎火，把地球撞成泥。

一九三六年五月十八日

（载《新诗》第一卷第一期，一九三六年十月）

眼

在你的眼睛的微光下，
迢遥的潮汐升涨：
玉的珠贝，
青铜的海藻……
千万尾飞鱼的翅，
剪碎分而复合的，
顽强的渊深的水。
无渚涯的水，
暗青色的水！
在什么经纬度上的海中，
我投身又沉溺在
以太阳之灵照射的诸太阳间，
以月亮之灵映光的诸月亮间，
以星辰之灵闪烁的诸星辰间？
于是我是彗星，
有我的手，
有我的眼，
并尤其有我的心。
我唏曝于你的眼睛的

苍茫朦胧的微光中，
并在你上面，
在你的太空的镜子中
鉴照我自己的
透明而畏寒的
火的影子，
死去或冰冻的火的影子。
我伸长，我转着，
我永恒地转着，
在你的永恒的周围
并在你之中……
我是从天上奔流到海，
从海奔流到天上的江河，
我是你每一条动脉，
每一条静脉，
每一个微血管中的血液，
我是你的睫毛
（它们也同样在你的
眼睛的镜子里顾影）
是的，你的睫毛，你的睫毛，
而我是你，
因而我是我。

一九三六年十月十九日

（载《新诗》第一卷第二期，一九三六年十二月）

夜　蛾

绕着蜡烛的圆光，
夜蛾作可怜的循环舞，
这些众香国的谪仙不想起
已死的虫，未死的叶。

说这是小睡中的亲人，
飞越关山，飞越云树，
来慰藉我们的不幸，
或者是怀念我们的死者，
被记忆所逼，离开了寂寂的夜台来。

我却明白它们就是我自己，
因为它们用彩色的大绒翅
遮覆住我的影子，
让它留在幽暗里。
这只是为了一念，不是梦，
就像那一天我化成凤。

一九三六年十二月二十六日

（载《新诗》第一卷第四期，一九三七年一月）

忧　郁

我如今已厌看蔷薇色，
一任她娇红披满枝。
心头的春花已不更开，
幽黑的烦忧已到我欢乐之梦中来。
我底唇已枯，我底眼已枯，
我呼吸着火焰，我听见幽灵低诉。
去吧，欺人的美梦，欺人的幻象，
天上的花枝，世人安能痴想！
我颓唐地在挨度这迟迟的朝夕，
我是个疲倦的人儿，我等待着安息。

赠　内

空白的诗帖，
幸福的年岁；
因为我苦涩的诗节
只为灾难树里程碑。
即使清丽的词华
也会消失它的光鲜，
恰如你鬓边憔悴的花
映着明媚的朱颜。
不如寂寂地过一世，
受着你光彩的熏沐，
一旦为后人说起时，
但叫人说往昔某人最幸福。

一九四四年六月九日

偶　成

如果生命的春天重到，
古旧的凝冰都哗哗地解冻，
那时我会再看见灿烂的微笑，
再听见明朗的呼唤——这些迢遥的梦。
这些好东西都决不会消失，
因为一切好东西都永远存在，
它们只是像冰一样凝结，
而有一天会像花一样重开。

一九四五年五月三十一日

心　愿

几时可以开颜笑笑，
把肚子吃一个饱，
到树林子去散一会儿步，
然后回来安逸地睡一觉？
只有把敌人打倒。

几时可以再看见朋友们，
跟他们游山，玩水，谈心，
喝杯咖啡，抽一支烟，
念念诗，坐上大半天？
只有送敌人入殓。

几时可以一家团聚，
拍拍妻子，抱抱儿女，
烧个好菜，看本电影，
回来围炉谈笑到更深？
只有将敌人杀尽。

只有起来打击敌人，
自由和幸福才会临降，

否则这些全是白日梦
和没有现实的游想。

一九四三年一月二十八日

等待（两首）

一

我等待了两年，
你们还是这样遥远啊！
我等待了两年，
我的眼睛已经望倦啊！
说六个月可以回来啦，
我却等待了两年啊，
我已经这样衰败啦，
谁知道还能够活几天啊。
我守望着你们的脚步，
在熟稔的贫困和死亡间，
当你们再来，带着幸福，
会在泥土中看见我睁大的眼。

一九四三年十二月三十一日

二

你们走了，留下我在这里等，
看血污的铺石上徘徊着鬼影，
饥饿的眼睛凝望着铁栅，
勇敢的胸膛迎着白刃：
耻辱黏住每一颗赤心，
在那里，炽烈地燃烧着悲愤。
把我遗忘在这里，让我见见
屈辱的极度，沉痛的界限，
做个证人，做你们的耳，你们的眼，
尤其做你们的心，受苦难，磨炼，
仿佛是大地的一块，让铁蹄蹂践，
仿佛是你们的一滴血，遗在你们后面。
没有眼泪没有语言的等待：
生和死那么紧地相贴相挨，
而在两者间，颀长的岁月在那里挤，
结伴儿走路，好像难兄难弟。
冢地只两步远近，我知道
安然占六尺黄土，盖六尺青草；
可是这儿也没有什么大不同，
在这阴湿、窒息的窄笼：
做白虱的巢穴，做泔脚缸，
让脚气慢慢延伸到小腹上，

做柔道的呆对手，剑术的靶子，
从口鼻一齐喝水，然后给踩肚子，
膝头压在尖钉上，砖头垫在脚踵上，
听鞭子在皮骨上舞，做飞机在梁上荡……
多少人从此就没有回来，
然而活着的却耐心地等待。
让我在这里等待，
耐心地等你们回来：
做你们的耳目，我曾经生活，
做你们的心，我永远不屈服。

一九四四年一月十八日

寂　寞

园中野草渐离离，
托根于我旧时的脚印。
给他们披青春的彩衣：
星下的盘桓从兹消隐。
日子过去，寂寞永存，
寄魂于离离的野草，
像那些可怜的灵魂，
长得如我一般高。
我今不复到园中去，
寂寞已如我一般高：
我夜坐听风，昼眠听雨，
悟得月如何缺，天如何老。

一九三七年二月十二日

致萤火

萤火，萤火，
你来照我。
照我，照这沾露的草，
照这泥土，照到你老。
我躺在这里，让一棵芽
穿过我的躯体，我的心，
长成树，开花。
让一片青色的藓苔，
那么轻，那么轻
把我全身遮盖。
像一双小手纤纤，
当往日我在昼眠，
把一条薄被
在我身上轻披。
我躺在这里
咀嚼着太阳的香味；
在什么别的天地，
云雀在青空中高飞。
萤火，萤火

给一缕细细的光线——
够担得起记忆，
够把沉哀来吞咽！

一九四一年六月二十六日

示长女

记得那些幸福的日子!
女儿，记在你幼小的心灵:
你童年点缀着海鸟的彩翎，
贝壳的珠色，潮汐的清音，
山岚的苍翠，繁花的绣锦，
和爱你的父母的温存。

我们曾有一个安乐的家，
环绕着淙淙的泉水声，
冬天曝着太阳，夏天笼着清荫，
白天有朋友，晚上有恬静，
岁月在窗外流，不来打扰
屋里终年长驻的欢欣，
如果人家窥见我们在灯下谈笑，
就会觉得单为了这也值得过一生。
我们曾有一个临海的园子，
它给我们滋养的番茄和金笋，
你爸爸读倦了书去垦地，
你妈妈在太阳阴里缝纫，

你呢，你在草地上追彩蝶，
然后在温柔的怀里寻温柔的梦境。

人人说我们最快活，
也许因为我们生活过得蠢，
也许因为你妈妈温柔又美丽，
也许因为你爸爸诗句最清新。
可是，女儿，这幸福是短暂的，
一霎时都被云锁烟埋；
你记得我们的小园临大海，
从那里你们一去就不再回来，
从此我对着那迢遥的天涯，
松树下常常徘徊到暮霭。
那些绚烂的日子，像彩蝶，
现在枉费你摸索追寻，
我仿佛看见你从这间房
到那间，用小手挥逐阴影，
然后，缅想着天外的父亲，
把疲倦的头搁在小小的绣枕。
可是，记着那些幸福的日子，
女儿，记在你幼小的心灵：
你爸爸仍旧会来，像往日，
守护你的梦，守护你的醒。

一九四四年六月二日

狱中题壁

如果我死在这里，
朋友啊，不要悲伤，
我会永远地生存
在你们的心上。
你们之中的一个死了，
在日本占领地的牢里，
他怀着的深深仇恨，
你们应该永远地记忆。
当你们回来，从泥土
掘起他伤损的肢体，
用你们胜利的欢呼
把他的灵魂高高扬起，
然后把他的白骨放在山峰，
曝着太阳，沐着飘风：
在那暗黑潮湿的土牢，
这曾是他唯一的美梦。

一九四二年四月二十七日

萧红墓畔口占

走六小时寂寞的长途，
到你头边放一束红山茶，
我等待着，长夜漫漫，
你却卧听着海涛闲话。

一九四四年十一月二十日

我用残损的手掌

我用残损的手掌
摸索这广大的土地：
这一角已变成灰烬，
那一角只是血和泥；
这一片湖该是我的家乡，
（春天，堤上繁花如锦幛，
嫩柳枝折断有奇异的芬芳，）
我触到荇藻和水的微凉；
这长白山的雪峰冷到彻骨，
这黄河的水夹泥沙在指间滑出；
江南的水田，你当年新生的禾草
是那么细，那么软……现在只有蓬蒿；
岭南的荔枝花寂寞地憔悴，
尽那边，我蘸着南海没有渔船的苦水……
无形的手掌掠过无限的江山，
手指沾了血和灰，手掌沾了阴暗，
只有那辽远的一角依然完整，
温暖，明朗，坚固而蓬勃生春。
在那上面，我用残损的手掌轻抚，

像恋人的柔发，婴孩手中乳。
我把全部的力量运在手掌
贴在上面，寄与爱和一切希望，
因为只有那里是太阳，是春，
将驱逐阴暗，带来苏生，
因为只有那里我们不像牲口一样活，
蝼蚁一样死……那里，永恒的中国！

一九四二年七月三日

在天晴了的时候

在天晴了的时候，
该到小径中去走走：
给雨润过的泥路，
一定是凉爽又温柔；
炫耀着新绿的小草，
已一下子洗净了尘垢；
不再胆怯的小白菊，
慢慢地抬起它们的头，
试试寒，试试暖，
然后一瓣瓣地绽透；
抖去水珠的风蝶儿
在木叶间自在闲游，
把它的饰彩的智慧书页
曝着阳光一开一收。
到小径中去走走吧，
在天晴了的时候：
赤着脚，携着手，
踏着新泥，涉过溪流。
新阳推开了阴霾了，

溪水在温风中晕皱，
看山间移动的暗绿——
云的脚迹——它也在闲游。

一九四四年六月二日

发

西茉纳，有个大神秘
在你头发的林里。
你吐着干刍的香味，你吐着野兽
睡过的石头的香味；
你吐着熟皮的香味，你吐着刚簸过的
小麦的香味；
你吐着木材的香味，你吐着早晨送来的
面包的香味；
你吐着沿荒垣
开着的花的香味；
你吐着黑莓的香味，你吐着被雨洗过的
长春藤的香味；
你吐着黄昏间割下的
灯心草和薇蕨的香味；
你吐着冬青的香味，你吐着藓苔的香味，
你吐着在篱阴结了种子的
衰黄的野草的香味；
你吐着荨麻如金雀花的香味，
你吐着苜蓿的香味，你吐着牛乳的香味；

你吐着茴香的香味；
你吐着胡桃的香味，你吐着熟透而采下的
果子的香味；
你吐着花繁叶满时的
柳树和菩提树的香味；
你吐着蜜的香味，你吐着徘徊在牧场中的
生命的香味；
你吐着泥土与河的香味；
你吐着爱的香味，你吐着火的香味。
西茉纳，有个大神秘
在你头发的林里。

雪

西茉纳，雪和你的颈一样白，
西茉纳，雪和你的膝一样白。
西茉纳，你的手和雪一样冷，
西茉纳，你的心和雪一样冷。
雪只受火的一吻而消融，
你的心只受永别的一吻而消融。
雪含愁在松树的枝上，
你的前额含愁在你栗色的发下。
西茉纳，你的妹妹雪睡在庭中。
西茉纳，你是我的雪和我的爱。

山 楂

西茉纳，你的温柔的手有了伤痕，
你哭着，我却要笑这奇遇。
山楂防御它的心和它的肩，
它已将它的皮肤许给了最美好的亲吻。
它已披着它的梦和祈祷的大幕，
因为它和整个大地默契；
它和早晨的太阳默契，
那时惊醒的群蜂正梦着苜蓿和百里香。
和青色的鸟，蜜蜂和飞蝇，
和周身披着天鹅绒的大土蜂，
和甲虫，细腰蜂，金栗色的黄蜂，
和蜻蜓，和蝴蝶，
以及一切有翅的，和在空中
像三色堇一样地舞着又徘徊着的花粉，
它和正午的太阳默契，
和云，和风，和雨，
以及一切过去的，和红如蔷薇，
洁如明镜的薄暮的太阳，
和含笑的月儿以及和露珠，

和天鹅，和织女，和银河，
它有如此皎白的前额而它的灵魂是如此纯洁，
使它在整个自然中钟爱它自身。

磨　坊

西茉纳，磨坊已很古了，它的轮子
满披着青苔，在一个大洞的深处转着；
人们怕着，轮子过去，轮子转着
好像在做一个永恒的苦役。
土墙战栗着，人们好像是在汽船上，
在沉沉的夜和茫茫的海之间：
人们怕着，轮子过去，轮子转着
好像在做一个永恒的苦役。
天黑了，人们听见沉重的磨石在哭泣，
它们是比祖母更柔和更衰老：
人们怕着，轮子过去，轮子转着
好像在做一个永恒的苦役。
磨石是如此柔和、如此衰老的祖母，
一个孩子就可以拦住，一些水就可以推动：
人们怕着，轮子过去，轮子转着
好像在做一个永恒的苦役。
它们磨碎了富人和穷人的小麦，
它们亦磨碎裸麦，小麦和山麦：
人们怕着，轮子过去，轮子转着

好像在做一个永恒的苦役。
它们是和最大的使徒们一样善良，
它们做那赐福与我们又救我们的面色：
人们怕着，轮子过去，轮子转着
好像在做一个永恒的苦役。
它们养活人们和柔顺的牲口，
那些爱我们的手又为我们而死的牲口，
人们怕着，轮子过去，轮子转着
好像在做一个永恒的苦役。
它们走去，它们啼哭，它们旋转，它们呼鸣，
自从一直从前起，自从世界的创始起：
人们怕着，轮子过去，轮子转着
好像在做一个永恒的苦役。
西茉纳，磨坊已很古了：它的轮子，
满披着青苔，在一个大洞的深处转着。

流 离

在那伤心的南浦，
往日我们曾携手徘徊，
今只一些旧时幽影，
还深深地萦绕胸怀。
音乐我今都厌倦，
蔷薇于我也不够清凄：
只这分离水畔的微吟，
却胜于音乐与蔷薇。
在那伤心的南浦，
我听见幽影之乡，
发出我爱者崇高的叹息；
心里模糊了你清绝的容光。
要是你玉躯早殒，
怎海外没一丝消息传来？
要是你尚在尘寰，这伤心的南浦
会将我俩的灵魂永永分开。
我俩伤心堕泪无人晓：
回忆灰濛了往日的欢欣；
此时这悲惨的分离水，
将我们带进，最后的夜沉沉。

烦 怨

我并未忧愁，又何须哭泣；
我全身的记忆今都消歇。
我看那河水更洁白而朦胧；
自朝至暮，我只守着它转动。
自朝至暮，我看着凄凄雨滴，
看它疲倦地在轻敲窗槅。
那世间一切，我曾作几度希求，
今已都深厌，但我并未忧愁。
我觉得她的秀目与樱唇，
于我只是重重的阴影。
终朝我苦望她的饥肠，
未到黄昏时候，却早遗忘。
但黄昏唤醒忧思，我只能哭泣；
啊，我全身的记忆怎能消歇！

秋　光

阳光蓊郁照枯林，
十月枝枝红叶深；
微飔轻度树梢寂，
今犹如此好风光，
销亡炎夏何空忆！
迷茫秋色且栖迟！
一岁黄昏甜蜜时：
柔情今与灰蒙合，
依微心绪亦黄昏，
芳时不惜空消失。
秋光多梦又闲居，
收获无心争自娱？
不如梦里风光好；
漫漫长夜已来临，
且容寻梦红尘杳。
那方幽夜与寒天，
远地逡巡不敢前；
今且偷味闲亦趣，
直待严霜风雪时，
柔情遣我林间去。

幽　暮

暗夜里河水转变渐模糊！
那河水慰我，今儿更暗淡朦胧：
时日太悠长，最后才来了慰安的阴影；
啊，每天怎有这多怨恨重重！
长日给予我辛苦，祈求与绝望；
人们忍待着那西天的落日熊熊；
那迟来的长夜，终能给他们安息：
啊，每天怎有这多怨恨重重！
最后那安静的夜之神，
如要人们忘了日光所能照见的虚荣，
放下了昏沉的夜幕将他们慰藉：
啊，每天怎有这多怨恨重重！
有朝在我们最后的夜间——
这夜间也就是我们时日之终，
人将安然拿了罂粟，又将低说：
“啊，每天怎有这多怨恨重重！”

辞　别

要是我俩必须分别，
我们就照此而行；
不要只心儿相压
也不要徒然哀哀地亲吻；
且握着我手低头说
“且待明朝或他日，
要是我俩必须分别。”
空语是无用又轻微，
而我们相爱又怎地坚强；
啊，且听那幽默在陈词：
“人生只片刻，爱情却很悠长；
一时播种又一时收获，
收获后便可昏沉地安宿，
但言语却无用又轻微。”

安灵曲

妮奥波，她早经疲困，
已不胜欢笑与愁颦；
离了娇红和黯淡的时辰，
将她黄金的面庞藏隐。
她早期望着温甜的梦境，
啊，她终能入睡沉沉！
妮奥波，你可能欢喜，
到那幻境中去孤栖？
那儿有可怜的死人迷惘无依，
它们只带着灰濛的幽意；
它们用阴影的指儿，
摘取那日光兰素冷的花枝。
妮奥波，她至死还厌倦
那我抛掷在她身前的花瓣，
散在她花朵似娇娇的身畔。
她为那憔悴的花枝轻叹——
那月色的蔷薇惨白又阴蓝，
和那睡莲出自尘寰。
妮奥波，她已甚形疲，

对那尘寰的梦境与岁月栖迟！
那里有可怜的死人迷惘无依，
　它们只带着灰濛的幽意，
在这儿她将生命与爱情遗弃，
　如今称心地入睡迷离。

终敷礼

在目前，唇际，与足边，
与各官能的灵窍，
敷上了忏悔之油，
已过的天真醒了。
那曾奔走希图的双足，
今已安然封隐；
那曾顾盼虚荣的双目，
今也将红尘洗净。
已脱离了空烦的声色；
在这黄昏一瞬间，
人们可能追忆全生，
又从阴影见死神的真面？
慈善之瓶啊，神圣油！
我不知何在，又何自来临，
经了什么劳悴与彷徨，
来将这最后的圣餐求请。
必须要待此时光：
那时肉的墙垣已废，
光明已破了阴沉，
才能行这样的终敷礼。

要是你曾相待

啊，在这凄凉的客寓里，
常想起的是常相隔的人儿。
要是你曾相待，你便能了解我心儿；
我许会如他般爱你，
亲爱的，要是我们曾忍耐，
命运又不曾教我俩不相称意。
沉默吧，又何必空言语：
说时反觉不言直——
往时虽言语总纷争，
我怎还怨恨，你今已长辞。
让黄泉一般的掩了
旧时使我俩参商的嫌恨：
我总常是这般爱你，
又时时捧着你深心。
我也曾遇见其他的女子，
她们这般娇媚正如你怎地无情；
你可想我往时曾爱你温存，
今儿却倾心降服向他人？
要是我们曾忍耐，要是你曾相待，

我原比他更尽心的为你
与“死亡”战斗；但在开始时，
命运就教我俩不相称意。
我想来就你，但生时无分的爱情，
死亡已将它掩入灰幽；
你今深卧在玫瑰花丛，
我只把心儿敷上你坟头。
我不须惊你，让它只如此阴沉，
这样“死亡”与“黑暗”却将你送向我身前；
往时虽爱着又冷冷无情，
今日我们怎再相嫌厌！

请你暂敛笑容，稍感悲哀

亲爱的，请暂时把欢容收敛，
此处只可怜残月，流照潜沉；
你秋波转盼知难久，
却叫我愁人，怎地欢欣！
亲爱的，请无言鉴以柔情，
只将你幽幽云发，披上我全身。
往日的愁怨，平凡的旧事，
又同来侵我忧心。
今朝一刻争能久，
可就要朱颜灰褐，消失了芳春？
可就难再寻觅
这缠绵抑郁的柔情？
亲爱的，待到中年憔悴，忘了心头恨，
让旧事模糊，怕它哀怨频侵；
且抛了青春神圣，
让它迟暮来临。
你樱口榴红片片，
可让我餐此芳醇？
我愿在你园中长逝，

让南风浓郁，解我微愠。

我已把“销亡”收集，在你唇边，

再向君一顾，怕便要长宁。

我虽是一生多恨，

向你胸前死，却是无上的温馨。

亲爱的，要是死亡不就来临，

请凝想着我们在此闲凭：

还在吻时谛听

南风的细语低吟。

在微语着的柔枝下，有你芳园，

在这里不知时间转变，世事纷纭，

也不知死亡和痛苦，

和那无诚的盟誓，会使人忧虑又离分。